a gaveta e o abismo

CB128617

a gaveta e o abismo

contos de terror e burocracia

---

gabriela guimarães gazzinelli

jabuticaba

Dados Internacionais de Catalogação na Publicação (CIP) de acordo com ISBD

G291g Gazzinelli, Gabriela Guimarães

A gaveta e o abismo: contos de terror e burocracia / Gabriela Guimarães Gazzinelli. — São Paulo : Edições Jabuticaba, 2022.
184 p. ; 11cm × 18cm.

Inclui índice.
ISBN: 978-65-00-50677-8

1. Literatura brasileira. 2. Contos. I. Título.

2022-2512 CDD 869.8992301
CDU 821.134.3(81)-34

Elaborado por Vagner Rodolfo da Silva – CRB-8/9410

Índice para catálogo sistemático:

1. Literatura brasileira : Contos 869.8992301
2. Literatura brasileira : Contos 821.134.3(81)-34

© 2022 Edições Jabuticaba
© Gabriela Guimarães Gazzinelli
Revisão: Marcelo F. Lotufo e Eduardo Coutinho
Design do miolo: Eduardo Coutinho
Design da capa: Marcelo F. Lotufo e Bruna Kim
Imagem da capa: "O apreciador de cactus" de Carl Spitzweg ca. 1855

9 786500 506778

Edições Jabuticaba
www.ediçõesjabuticaba.com.br
www.facebook.com.br/edjabuticaba
Instagram: @livrosjabuticaba

Às Cardosos,

Lívia, Marilene, Tetê, Régia, Cláudia,
Mírian, Luísa, Helena, Isabela e Clara.

Somos indias, putas
y lesbianas juntas
revueltas y hermanadas.

Mujeres Creando

São poucos os que chegam à burocracia triunfante, que é aquela em que o espírito se integra no *bureau* e o homem não é mais que um conjunto de fórmulas e praxes, ou melhor, é o próprio processo, em forma hierática e cabal.

O amanuense Belmiro, Cyro dos Anjos

Sumário

O arquivo morto

O arquivo morto é um cemitério burocrático. *Locus umbrosus.* Lá se encontram memorandos, ofícios, despachos, à guisa de lápides. É raramente lembrado pelos vivos. Neste ministério, está sito no terceiro subsolo. Não é jamais visitado pela luz do dia. Uma samambaia albina fenece, à míngua, sob a claridade merencória das lâmpadas fluorescentes. Derrama sua folhagem pálida, delineada pela vaga luminescência, à margem de uma passagem periférica, corredor tributário que aflui para a entrada principal.

As aleias do arquivo morto são assombradas por divindades palimpsestas, que brincam de esconder e revelar em papéis amarelados. E também pelas figuras tristes de viúvos, órfãos, amantes. Para terem acesso às salas de circulação restrita, esses visitantes sibilam aos arquivistas (chefe e adjuntos) meias verdades. Entre espirros, procuram consolo em nomeações, promoções, remoções, lotações, licenças, designações de chefias, decretos, que são hoje letra-morta. Uns estão ali em busca de elementos com que substanciar pedidos de apanágios ou pensões alimentícias. Outros almejam um remédio para despachar a dor da perda, para mitigar a saudade. Passam os dedos sobre as capas de brochuras bem costuradas. Condoem-se ante lombadas manchadas. Demoram-se no exame de frontispícios insuspeitos. Derramam uma lagriminha sobre cópias mimeográficas, manchando os caracteres roxos. Ai, o maço pessoal, sepulcro da vida pública!

O arquivista-morto, quer dizer, mor vaga entre as estantes zelando pelas folhas carcomidas. Longilíneo, parece uma sombra. Tem um espírito econômico: escreve minimemos sobre papéis com as iniciais de luminares do ministério, todos defuntos. Alguns foram enterrados há décadas. Nas horas vagas, ele pratica a genealogia. Conhece de cor e salteado as linhagens da casa. Um tanto lúgubre, percorre o fichário diacrônico com os olhos mergulhados em poças violetas. Pisa na almofada das patas. Discreto, discretíssimo. Sua presença se nota tão só pela tossezinha intermitente. Nos ares, ácaros em vez de almas.

O arquivo morto, esta necrópole celulótica do órgão público. Reino de resmas e mais resmas e ocasionais bolinhas de naftalina. Eis, em síntese, a vida útil de uma folha: do pó ao pó. Por vezes, com passagem pela trituradora.

O sistema telefônico

Chegou ao conhecimento da repartição fato de extraordinária gravidade. Ligações telefônicas discadas em minutos múltiplos de onze entravam em misterioso *looping*. Desencaminhavam-se nas elusivas ramificações dos troncos digitais do PABX (aparelho da central telefônica). Jamais encontravam o caminho que levava até as caixas postais para deixar correios de voz. Em suma, eram perdidas para todo o sempre, por toda a eternidade.

Naquela tarde, antes que reclamações a esse respeito chegassem à temida Ouvidoria, o Grupo de Trabalho da Telefonia foi formado no corredor mesmo. Foram automaticamente convocados a integrá-lo todos que porventura (ou desventura) passassem por lá: o diretor, a secretária, três oficiais de chancelaria, um assistente, o advogado voluntário, dois artífices, a chefe de setor, o técnico de informática, a auxiliar administrativa, três estagiários, *inter alios*. Ao todo, onze notáveis dos próprios quadros. De pé, discorreram por duas horas sobre o estranho fato. Discussão transcendental que percorreu desde a numerologia dos ramais telefônicos até a escolástica do aparelho de PABX. (Infelizmente não há registro em ata do teor do intricado debate para a ilustração da posteridade.)

Nesse ínterim, às 14:55, 15:11, 15:22, 15:33, 15:44, 15:55, 16:11, 16:22, 16:33 e 16:44, setenta e sete ligações se perderam irremediavelmente no limbo telefônico.

À noitinha

— Espelho, espelho meu, existe diplomata mais poeta do que eu?

Floreios

O guarda-chuva descia planando, com graça e espírito. Começara a trajetória na janela da sala de estar do apartamento no sexto andar. Era um guarda-chuva estampado, desses baratinhos importados da China, que se compram do vendedor de rua para se amparar das gotas espessas que começam a se adensar numa tarde de verão. Não o qualificaria de elegante ou duradouro. O plástico da alça, por exemplo, tinha se rompido na semana anterior. Algumas de suas hastes haviam se entortado sob vento mínimo. Contudo, o misto de fragilidade e ligeireza parecia acentuar a beleza do movimento fulgurante da descida, que devolvia a luz tropical do dia ainda sem nuvens. A estampa de rosas que florescia no tecido alumiava a queda livre.

Percorria esse caminho pela pressa da senhorita dona. Ela partia furtivamente da casa dele de manhãzinha. Acalentava as alegrias silentes do amor e da entrega, esquecida de tudo. Inclusive do guarda-chuva. E o boletim meteorológico da véspera prenunciara um toró. Voltou atrás. Pediu pelo interfone que ele jogasse o guarda-chuva para evitar a viagem ao sexto andar. Antes de deitá-lo ao ar pela janela, atendendo ao pedido impaciente, ele o abriu para amortecer a queda de cerca de vinte metros. Caía, pois, morosamente, como se estivesse a flanar; se desviava, a seu bel-prazer, da linha reta entre o sexto andar e o térreo. Esquivando-se ora para a esquerda, ora para a direita, voltejava, realizava quase piruetas. Exibia-se sob a luz da manhã, em ângulos distintos. Como se o movimento em linha convoluta e floreada fosse ordenado por uma veleidade antes que pelas invisíveis leis da física. Vagava entre avencas e begônias nas jardineiras dos outros andares, parecendo suspender sua queda ante uma ou outra janela. O que será que o detinha? O que espiava por entre as venezianas verticais? O que adivinhava em tal ou qual florada?

Por fim, reforçando a impressão de que cumpria, a seu modo, o desígnio de uma vontade superior (a do homem à janela do sexto andar, quiçá), depositou-se com toda leveza na mão que se lhe estendia. O guarda-chuva admirou-se. A mãozinha acobreada era um mimo com seus dedos esguios e longos e suas unhas naturalmente ovaladas, semilúnios nascendo em suas bases. Apreciou-a antes de se entregar definitivamente. Nos últimos instantes do percurso, encantou-se com a ideia de que o firmamento se manifestasse nas unhas cuidadosamente aparadas de uma mãozinha como aquela. Entregou-se numa queda ínfima e suave, quase onírica, dilatando-se o tempo, como nos filmes românticos em preto e branco, sob o silêncio que pedia uma música improvisada. O sopro mais tênue alçou o guarda-chuva por um instante no momento mesmo de sua chegada à concha da mão, o que contribuiu para o pouso de delicadeza incomparável.

Airosa e cruel, porém, ela não fez muito caso do guarda-chuva que tanto se esforçava em expressar seu lirismo urbano. O guarda-chuva, coitado, esperava no mínimo elevá-la, suspender por um intervalo as preocupações com a vida que vinha levando. Mas, ultimamente, senhorita não andava muito dada a epifanias. Ignorou a beleza da estrutura metálica da copa do guarda-chuva e a imitação vegetal em seu dossel. Sem hesitar, destrancou o anel de fecho. Em seguida, desarmou o aramado de raios concêntricos, deslizando o corredor pela haste central. Recolheu os aros retrácteis e, com um gesto econômico, dobrou suas pregas floridas. Rebeldes, os pedaços de lona tentavam escapar da circunferência estreita da base em que se encaixavam as pontas estelares dos raios. Aprisionou-os com a estreita faixa com velcro costurado em suas extremidades. Meteu-o, em seguida, na cavidade escura de uma bolsa entre moedas, carteira, canetas, caderno, livro e, pasmem, humilhação das humilhações, um rasteiro estojo com escova e pasta de dentes.

O guarda-chuva acomodou-se entre os objetos avulsos em estado de absoluta desolação. Ele se esmerara tanto em sua dança umbeliforme. Não era um mero guarda-chuva, desses que só servem parar obstar as intempéries; tinha algo de feérico, tinha sentimentos. Queria imprimir um traço de beleza nos obscuros corredores da memória. Merecia uma ode, um encômio, um panegírico, e não aquele manuseio mecânico e desalmado. Não compreendia a indiferença com que deparara ao se depositar no oco da mão, que, em retrospecto, já não lhe parecia tão bela.

Mas foi esse o desfecho do guarda-chuva bailarino. Com a mesma distração com que o tinha esquecido, ela tomou o caminho até a parada de ônibus, evocando a tabela de horários da linha circular Norte-Sul. Seguia a passos apressados, sem reparar nos reflexos celestes nas poças da chuva que tinha caído na véspera. Insensível como um volume desatualizado do Catálogo Telefônico. Ignorava que suas mãos tivessem algo de noturno, em cada unha uma luazinha repontava por trás da cutícula.

Diálogos de coquetel do misantropo galanteador

— Dona Cortina, como vai?

— ...

— A senhora me parece um pouco fechada hoje. Está tudo bem?

— ...

— E como anda o dia? Tem chovido?

— ...

— Com licença, vou buscar um aperitivo. A senhora aceita algo?

— ...

— Um espanador? Vixe, não vejo nada remotamente parecido com um espanador... Ah, já sei! Vou perguntar ao mestre de cerimônias se podemos usar aquelas penas de pavão.

— Copo, copinho, meu amigo tilintante. Que bom estar com você.

— Glubglubglub.

— Enfim, posso respirar tranquilo.

— Glubglubglub.

— Você é companheiro como poucos!

— Glubglubglub.

— Sim senhor, um camarada como poucos: brilhante e tão espirituoso. E mais, de uma transparência cristalina!

— Glubglubglub.

— Faz-me tão bem a sua companhia.

— Glubglubglub.

— Depois dessa nossa conversa, acho que até tenho coragem para abordar as senhoras e senhoritas, salvá-las das casacas condecoradas, que circulam nas costas de néscios maiores.

— Glubglubglub.

— Vamos também?

— Glubglubglub.

— Dona Parede, querida, que prazer topar com você!

— ...

— Engraçado, sempre nos encontramos neste canto. Coincidência ou desígnio dos deuses?

— ...

— Antes uma questão de arquitetura ou construção civil? Bom, se pensa assim...

— ...

— É que seria mais bonito excogitar desígnios divinos.

— ...

— Mudando de assunto, a senhora está muito bonita. Mudou de cor?

— ...

— Sim, senhora. Está com uma cor ótima. Muito elegante.

— …

— Vamos dar uma volta?

— …

— Perdão! Já ia me esquecendo de seu enfado em deslocar-se.

— …

— Tchauzinho.

— Senhoritas Cadeiras, que alegria encontrá-las por aqui.

— …

— Se importariam se me sentasse entre vocês?

— …

— Obrigadinho.

— …

— Pois vou lhes confessar algo, não há tríade mais linda de cadeiras em toda a capital.

— …

— Nem mesmo em todo este estado.

— …

— No país tampouco.

— …

— Bem, no mundo inteiro? O mundo é vasto, sabem? Por cosmopolita que seja, não conheço tantas cadeiras assim. Mas deveras. Aposto que não.

— …

— Ó, queridinhas, meu chefe está me chamando ali. Com licença, volto já.

— Senhorita Coluna, que gosto em revê-la!

— ...

— Como de costume, sua posição é tão estratégica.

— ...

— Se importa se eu ficar aqui um bocadinho na penumbra de sua sombra? É que meu chefe está me procurando, sabe...

— ...

— Sim, aqui posso ocultar-me, quer dizer, desfrutar de sua companhia estrutural enquanto ele dá voltas pelo salão.

— Excelentíssima Senhora Porta, cá estamos novamente juntos neste fim de festa.

— ...

— Sinto que sua presença é invariavelmente oportuna.

— ...

— É sempre um alívio encontrá-la nestas reuniões.

— ...

— A senhora está formosa, tão portentosa...

— ...

— Nada disso, a senhora empresta seu lustre à festa.

— ...

— Verdade!

— ...

— Não, não é exagero. Vossa Adjacência é sempre a minha salvação.

— …

— E, no mais, quais as novidades?

— …

— Pois bem!

— …

— Eu vou bem, obrigado.

— …

— Posso fazer uma pergunta?

— …

— A deliciosa Flora passou por aqui hoje?

— …

— Duas vezes?!

— …

— Ah, é? Faz muito que passou pela segunda vez?

— …

— Bom, preciso ir, Porta, Portinha.

— …

— A noite está tão bonita, não deixe de dar um giro.

— …

— Sim? Já deu vários? Veja só, a senhora não brinca em serviço.

— …

— Beijinhos, se me permite. Fico sempre contente em cruzar com vosmecê.

— …

— Até mais ver.

A ordem

A cerimônia seguia nos conformes. Indivíduos chamados pelo mestre de cerimônias se alinhavam para receber suas consignas, um tantinho constrangidos, alguns encabulados mesmo. Evitavam olhar para o lado. Coravam quando fotografados. Os convocados a apor medalhas, rosetas e outros penduricalhos mais, ao contrário, tinham um sorriso malicioso nos lábios e revistavam de cima a baixo os homenageados em suas imediações.

Tratava-se de uma condecoração muito exclusiva: os agraciados entravam para a Ordem do Impávido Colosso. Fora concebida por um curitibano incógnito — reza a lenda que daltônico — para reconhecer personalidades que se destacavam pelos seus atributos, digamos, colossais. O decreto 69.699 tornou aquela orgia, quer dizer, liturgia desvairada realidade. Estabelecera os seguintes graus, exclusivamente no quadro extraordinário: Grão-Colosso, Grande Ofídio, Come(nda)dor, Ofídio e Cabaceiro. Um monólito ereto, encontro de retas e curva, figurava na insígnia.

O Conselho da Ordem — que, a cada ano, propunha medidas e deliberava sobre quem deveria ser reconhecido — adotava métodos um tanto quanto heterodoxos para distinguir formas meritórias e virtudes fesceninas e procurava estimular a participação de órgãos de honrosa menção. Sobre esses métodos, por demais licenciosos, não falo.

A beleza da máquina

Encontrava-se no meio do jantar oferecido para chefes de Estado numa cúpula multilateral importantíssima. Como soía acontecer, ele havia antecipado os detalhes mínimos. Tinha destrinchado as convoluções políticas e protocolares mais cabeludas com a habilidade e delicadeza que lhe renderam elogios aos montes ao longo da carreira (e da vida). Mais uma vez conseguira evitar complicações em potência, valendo-se do engenho, da astúcia, do sexto sentido, ou por que não?, para que tanta modéstia?, de seus dons divinatórios mesmo, que lhe eram objeto de um orgulhozinho inconfesso.

Para início de conversa, concebera uma mesa com múltiplas cabeceiras a fim de acomodar vaidades concorrentes. *Vanitas vanitatum!* Todos queriam ocupar uma cabeceira. Uma mesa redonda resolveria o problema, mas não havia salão que acomodasse uma circunferência para duzentos convidados. No máximo, uma elipse. Não, nem mesmo uma superfície elíptica estava à altura do desafio. Precisaria ser bastante excêntrica a elipse em questão, ressurgindo assim o impasse das pontas. Daí a mesa de várias cabeceiras. Fora a encontrar num opúsculo renascentista, que relatava um jantar oferecido a cardeais que não se davam no Vaticano. Ah, tinha sido realmente brilhante a ideia da mesa policêntrica. Era o milagre de multiplicação das cabeceiras! Tanto melhor porque a disposição dos convidados afinava-se com o discurso político de seu presidente, sobre a ascensão de uma nova ordem global multipolar.

No âmbito individual, pensara nos mínimos detalhes ao mapear a mesa. Não queria que surgissem naquele jantar disputas lindeiras que viessem a contaminar as negociações mais melindrosas que teriam lugar no dia seguinte. A conversação, bem o sabia, temperaria os discursos e as convicções. Era de suma importância que as trocas que se dessem naquela noite fossem benfazejas, que não azedassem os ânimos. Perfilara cada um dos convidados, compilando um catálogo de excentricidades que permitia deliberar sobre o arranjo ideal à mesa. Para tanto, seu assistente técnico desenvolvera um algoritmo perfeito, que dispunha os convidados conforme critérios como antiguidade, precedência, tensões políticas e fronteiriças, orientações filosóficas, predileções cromáticas, incompatibilidades intelectuais, simpatias de toda ordem, secretas inimizades, cosmovisões e mesmo inclinações futebolísticas. E eis que ali estava a melhor das mesas possíveis.

O resto era fichinha. Tirava de letra. Treinara os funcionários à exaustão para oferecer um serviço impecável, como pedia a ocasião. Expedia-os para aqui, para ali. Taças constelavam ante os convidados. Talheres circunscreviam espaços e, suspensos no ar, delineavam coisas por dizer. Em cada prato, o friso dourado que reproduzia as colunas do Alvorada dava fundamentação à arquitetura gastronômica mais fina do Cerrado. As flores derramavam-se de vasos com calculado desalinho. Um belo mosaico de círculos variegados reluzia no encosto de cada cadeira, indicando as preferências ou restrições alimentares. Sua majestade o emir do Catar estava sentado numa cadeira em que aflorava, entre outros, um círculo branco para abstêmios. Ao ver o filho da mãe do emir bebericar a taça de suco de laranja, o chefe rompeu em lágrimas. A beleza da máquina!

Discreto, de um canto, seguia tudo com um olhar atento. O jantar corria bem, já serviam o peixe, sem maiores percalços. Respirava um pouco mais sereno. Do nada, porém, apareceu sua assistente, uma oficial de chancelaria de mão cheia, para comunicar um ocorrido grave. Gravíssimo. Antes de explicar o assunto gravessíssimo, é preciso recuperar uns antecedentes. Os peixes, por um capricho do presidente, tinham olhos que piscavam. Um capricho estapafúrdio, que conviessem. Mas a ele, chefe do Cerimonial, cabia atender a semelhantes caprichos quando seus superiores não dessem ouvidos à razão. Cintilavam, assim, mínimas lâmpadas de *led* dispostas na cavidade ocular de truta por truta, delicadamente pousadas sobre um travesseiro de ora-pro-nóbis. (As lâmpadas acendiam e apagavam-se em ritmos aleatórios, a depender da carga da bateria, o que, imaginou, seria mais natural, um pouco menos perturbador à mesa que lâmpadas sincronizadas.)

Pois bem, tinham-se apagado os olhos justamente da truta de sua alteza o príncipe do Reino de Liechtenstein. Homem oriundo de nobreza milenar, bastante cioso de questões protocolares. (O tamanho de seu Estado não ajudava, concedamos.) Não perdoaria jamais o peixe de olhos apagados. Inclusive, segundo o funcionário responsável pela ala setentrional da mesa, sua alteza não só percebera o deslize, como já estava comentando com deboche o estado lamentável de sua truta se comparada às de seus vizinhos. Lapso imperdoável do supervisor das trutas pestanejantes. Os olhos do chefe do cerimonial relampejaram. Em seu cérebro, peixes zombeteiros multiplicavam-se. Suas escamas reluziam argênteas ao girar de suas caudas em leque. Piscavam seus olhos de *led* com galhofa. Os mínimos motores das nadadeiras criavam torvelinhos n'água, insinuações de desgraça e fracasso. Que vergonha! O chefe do Cerimonial matutava como corrigir aquela gafe. Se seria o caso de trocar a truta ou se o melhor era *laisser passer.*

Mas antes que pudesse deliberar sobre o curso de ação, seu presidente bateu a colher na taça, sinal de que começaria o discurso de brinde. Tratava-se de um discurso raro, destilado, filtradas as expressões desmedidas, sublimadas todas as diferenças. Era obra de um espírito maduro, que tinha uma essência ambígua e construtiva por detrás do vapor de convenções tácitas e fórmulas protocolares. O discurso era, ademais, curto e impalpável. Era a obra prima da prolífica produção de discursos de brinde do chefe do Cerimonial. Ele tinha certeza que suas palavras etilizadas, isto é estilizadas, inebriariam, marejariam os olhos, trariam soluços aos peitos. Inclusive, refeito dos recentes abalos, já tinha preparado o seu lencinho. Foi quando o presidente passou a palavra a uma truta. A truta limpou a garganta e, com ar de mofa, ...

O ex-chefe do Cerimonial acordou sôfrego. Soltou um suspiro cheio de alívio ao encontrar o repouso da noite em seu quarto. Virou para o lado. De mansinho, o sono voltava. E sonhos em que revisitava as conversas inteligentes de certos chefes de estado e chanceleres. Ao fundo, arranjos geométricos de quadros. Invariavelmente, uma música suave abafava as conversas que teria de relatar. Parava um instante para escutá-la, reconhecendo nas frases melódicas a expressão de uma saudade íntima por algo que não sabia bem o que era. Que um ex-chefe do Cerimonial tem pesadelos insólitos, lá isso ele tem. E também sonhos.

Mistérios do ministério

Ela tinha uma predileção pelo elevador mal-assombrado. Não é que fosse mórbida. Ou que procurasse ativamente travar contato com o sobrenatural. Sua escolha resultava tão só do fato de o elevador mal-assombrado ser menos concorrido. Costumava o tal elevador, por exemplo, comparecer mais prontamente ao piso a que era chamado. Demorava menos a percorrer os oito andares. Mais importante, tinha-o quase sempre inteiramente para si. As viagens solitárias guardavam-na das escaramuças veladas sobre a precedência na hora de adentrá-lo. Poupava o seu imaginário das platitudes em que consistiam as conversas de elevador. Não tinha de debater-se sobre se deveria forçar um cumprimento quando colegas que conhecia ligeiramente pareciam querer ignorá-la. Ou de fixar nos lábios um sorriso ameno.

Os seus superiores, quando a avistavam saindo do elevador mal-assombrado, estremeciam. Desaconselhavam-na de se lançar naquele fosso, narrando episódios os mais macabros. De início, ela dispensou as histórias do elevador mal-assombrado como lendas urbanas. Imagine, um elevador de aço inoxidável habitado por avantesmas burocráticos. Mas, pela repetição, as histórias foram ganhando o estatuto de meias verdades. Talvez houvesse mesmo ocorrido algo dentro daquela câmara infrangível. Um acidente qualquer. Algumas horas de prisão entre andares. Alguém quase esmagado por uma psicoporta. Até que soube de uma morte que se dera nele por fonte fidedigna, fidedigníssima. E acabou por aceitar que alguém expirara naquele mesmo elevador em que fazia umas tantas viagens nos dias úteis.

Circulavam muitas versões da dita morte. Uma queda acidental num poço sem fundo, com hiperbólica licença poética, claro. Uma morte sem mais, fulminante, para a qual o botão de emergência não representou remédio eficaz. Um paraquedista do Ministério da Defesa que havia despencado até o mundo dos mortos junto com o elevador, ironia cósmica, ele que percorrera alturas incomparavelmente maiores sem um arranhão. Um morto esmagado pelas portas malditas, que corriam insensíveis à presença humana, a despeito dos sensores em suas laterais e das manutenções regulares, tudo conforme ditava o decreto-lei distrital. Um maquinista que tinha sido eletrocutado na casa de máquinas. E a versão mais terrível atribuía vontade maligna à máquina. Dava conta de um movimento inadvertido, inexplicável mesmo, da cabine entre patamares, levando ao acidente horroroso em que o maquinista que lubrificava as cordas do contrapeso fora decapitado.

Pois bem, ela admitia que no elevador de sua preferência teria havido sim uma morte, uma morte trágica. Nisso não havia nada de absolutamente inverossímil. As tragédias se dão em toda parte. Inclusive nos elevadores. Até mesmo nos de aço inoxidável com nomes alemães. E, contudo, daí para deduzir a existência de fantasmas ou atribuir arbítrio malevolente à máquina era outra história. Avessa à superstição, seu racionalismo não admitia fossem assombrações, fossem movimentos volitivos em seres mecânicos. Não havia pois motivo que justificasse sua opção por outro elevador enquanto o elevador mal-assombrado continuasse a oferecer vantagens comparativas no percurso entre o térreo e o oitavo andar.

Até que, certa noite, quando deixava o ministério tarde, depois de a porta quase se fechar sobre ela — um sinal que, cheia de soberba, tinha ignorado —, o elevador enguiçou. Não se inquietou de início. Era parte da vida enguiçarem-se elevadores. Paciência! Imperturbável, ela acionou o alarme. Repetidas vezes. Mas o tinir do alarme era abafado por um silêncio fúnebre. Um silêncio em que vicejavam temores e angústia. E, possivelmente, seres imateriais. Ouviu vindo de longe uns passos de cadência regular. Os passos se aproximavam. Sempre compassados. Ela disparou o alarme várias vezes, esperançosa. Mas os passos nem aceleravam nem desaceleravam. Cada vez mais próximos, percorriam o corredor. Até que na proximidade do elevador, os passos silenciaram.

Por um momento soltou o botão do alarme. O coração dela disparou. Pressionou mais uma vez o botão vermelho. O ressoar do alarme reverberou em sua alma. Do outro lado da porta que se recusava a deslizar sobre as roldanas lúbricas, soou uma gargalhada esquisita. Os passos foram retomados corredor abaixo. Numa cadência regular. Nem aceleravam nem desaceleravam. Em intervalos cronometrados. Caiu desacordada. Um espectro desvencilhou-se das ferragens do elevador.

O umbigo do mundo
ou
Faits divers *cosmogônicos*
ou
Ovo primordial
ou
Dies irae

Informo que, nesta madrugada, foi registrada, em delegacia local, tentativa de homicídio de um filósofo materialista. Conhecida apenas como Oliveirinha, a vítima foi atacada por arqueólogo neoplatônico, de nome O. V. Otão. A quase tragédia se deu em função de um ovo. Um ovo frito, mais precisamente. *Nota bene,* não se trata de um ovo frito *qualquer*.

Em fevereiro, chegou a estes cafundós expedição científica organizada pelo Departamento de Monismo Metafísico da Universidade Transcendental da Samotraça [sic]. Liderada pelo senhor O. V. Otão, eminente paleontólogo da escola escatológica, tinha como objeto um achado de patrimônio cosmogônico. Buscava elementos materiais que convalidassem a hipótese de estar aqui, nestes confins, o umbigo do universo, "ponto espaço-temporal singular" em que nada menos que "todo o universo" teria surgido, nas palavras do professor.

Em seu depoimento, num rasgo horaciano, Otão, visivelmente transtornado, afirmou que, a exemplo de Homero, não contaria sua história *"ab ovo"*. Apontou para Oliveirinha, que passou por um ciclo cromático do vermelho para o roxo, para o cinza, para o verde, para o amarelo com estrelinhas furta-cor, acusando-o de ter devorado, sem pensar duas vezes, o ovo primordial, do qual emana toda a realidade, objeto da concepção do ovo mundano, que remonta aos antigos persas, egípcios, gregos, romanos, galos, entre outros.

A tradição do ovo mundano conta mesmo com um capítulo cristão referido longa, minuciosa e soporiferamente pelo Otão místico. Segundo o depoimento, fundamentado num artigo que saiu em periódico respeitadíssimo nos meios acadêmicos, ninguém menos que São Basílio de Cesareia, na exegese do segundo verso do Gênesis, postulou que o Espírito Santo, agitando suas asinhas de pomba celestial, teria botado o ovo do mundo. Alguns séculos mais tarde, Abelardo, interessado na natureza física do ovo, lançando mão da doutrina de correspondências, propôs a estrutura elementar do ovo cósmico, em que a gema seria a terra; a clara, as águas; a membrana, o ar; a casca, o fogo. No interior da casca curiosa e quebradiça do ovinho do mundo, pela qual poderia vazar a clara, os adeptos da nova teoria encontravam uma solução para um problema teológico que atormentava a Santa Igreja fazia tempos, a fonte das águas do dilúvio. Em linha semelhante à de São Basílio, Lutero, em sua interpretação do Gênesis, escreveu que "assim como uma galinha que senta sobre seus ovos para chocar seus pintinhos, desse modo acalentando seus ovos e como que infundindo neles a vida animada, as escrituras sagradas dizem que o Espírito Santo chocou [o mundo]".

Também Thomas Burnet, em sua *Telluris theoria sacra,* elaborou uma tese oocósmica que seria incorporada à tradição do ovo mundano. À época, seus críticos consideraram-no um atomista ímpio por defender "a mecânica cega e o ainda mais cego acaso". Mais apropriado seria chamá-lo de herético ovolista. Burnet louvou como peça de "divina geometria ou arquitetura" a orbe terrestre "ovoide", de estrutura intricada que se estende um pouco nos polos, cujo fogo central do núcleo sólido seria a gema, envolta pela membrana, a clara seria o abismo que se encontra sob a casca, que corresponderia à parte exterior da terra. Sobre o dilúvio, reiterou a hipótese de que se dera quando a casca do mundo rachou, e as águas abissais — *i.e.,* as claras — se derramaram sobre a superfície, movimento que, de quebra, deu origem às montanhas. Nisso, opôs-se às hipóteses de contemporâneos insignes, como Isaac Newton, que, para pensar o surgimento do relevo, preferiu lançar mão da cerveja misturada ao leite para fazê-lo talhar, ou John Beaumont, que concebia o planeta algo como um pão, um corpo em fermentação, a massa de morros e montanhas emergindo pela ação de uma levedura terreal, ou como uma torta, a massa quebradiça rompendo aqui e ali, para dar vazão aos sucos de seu conteúdo.

Alguns foram mais longe em suas teorias diluvianas, emendou o neoplatônico. Halley, o do cometa homônimo, avançou a hipótese de que o choque fortuito de um cometa teria quebrado o ovo mundano e levado partes da sua casca que se encontravam nos fundos do oceano ao alto das montanhas. Apropriando-se da teoria de Halley, um seu discípulo vaticinou que a destruição definitiva do ovo cósmico, o apocalipse, a grande conflagração, aconteceria quando houvesse novo choque, que ocasionasse fissuras e abismos tais que toda a água superficial, quer dizer, toda a clara vazaria; a vida terminaria ao secarem-se lagos, rios e oceanos. Especulou ainda que sua órbita mudaria, o planeta se transformaria em estrela fixa no firmamento ou mesmo em cometa que viria a ameaçar outras terras.

Na sequência, O. V. Otão dissertou àquele público perplexo sobre a teoria hilozoísta, que atribui vida ao todo, o mundo um imenso ser vivo. Num rompante, deu livre curso à sua epitetomania: o ovo primordial, que se diz de mil maneiras, fonte e substância de tudo, origem do céu e da terra, mãe de todas as coisas, de nomes moventes, invólucro de ventos gerado pela Noite de asas sombrias, o próprio místico uno... Foi quando se encareceu a Otão que fosse mais breve em seu depoimento.

Ab ovo usque ad mala, de maneira curta e grossa, Oliveirinha — o filósofo materialista vítima da tentativa de homicídio, como relatado acima — tinha confundido o ovo primordial encontrado nas escavações com mero ovo galináceo, frigindo-o em óleo quente, com um pouco de sal e pimenta, tendo o cuidado de não quebrar a gema, com toda a arte de que se imbuem os acadêmicos em estágios de formação e aperfeiçoamento.

Trovoou. Oliveirinha ruminava. Muitíssimo envergonhado, estava encucado e ficou em silêncio. De um mistério, passou a outros mistérios. O que sucede uma vez deglutido o absoluto?

A gaveta e o abismo

Cada repartição pública tem seus mistérios. Um deles se encontra na Unidade de Assuntos Aleatórios do Escritório em Lalalá. Trata-se da última de três gavetas que compõem o gaveteiro da escrivaninha da funcionária que chefia a Unidade (número de patrimônio 888, da escrivaninha). Breve descrição do bem: paredes de compensado de madeira que imita mogno; corrediças com rodinhas em trilhos metálicos para que as gavetas se abram e fechem suavemente; puxador invisível (acabamento chanfrado); mecanismo elusivo de trava; profundidade abissal.

No próximo parágrafo, apresento um enigma que, desconfio, nem a mecânica quântica poderá resolver. Trata-se do inventário da gaveta referida, caso inédito que revela que uma miríade de corpos pode sim ocupar o mesmo lugar no espaço (*pace* Pauli). Este parágrafo ficou muito curto e por isso vou acrescentar uma frase que não agrega nada em termos de sentido, que não facilita a compreensão, que apenas ocupa espaço (cerca de quatro linhas, mais precisamente). O exercício de forma torna a disposição de caracteres, de avanços e recuos, de espaços em branco nesta página mais agradável a meus olhos. Você há de concordar, portanto, com a natureza necessária das últimas três frases (incluindo a presente), em que pese o vazio de sentido. Agora posso continuar.

Pois bem, na dita gaveta, encontram-se: pastas, panfletos, barrinhas de cereal sabor quinoa e tâmaras, frustrações, besouros mortos (três, um verde-metálico e dois pretos), lápis desapontados (coitadinhos), manuscrito rabiscado do *Manifesto pegacionista,* uns cobres azinhavrados, carta do Soberano Inca das Américas que reivindica metade do território brasileiro como seu por direito divino e ancestral (além dos territórios do Peru, do Equador, da Bolívia, do Chile, do Paraguai e de uma parte considerável da Argentina), enciclopédia sobre o superuniverso Orvonton datilografada em máquina de escrever portátil da marca Olivetti, máscara do personagem Chewbacca da série de filmes *Guerra nas Estrelas* (emite grunhidos eloquentes para os momentos de exasperação burocrática), um exemplar dilapidado do *De rerum natura* e as veleidades de algum dia traduzi-lo, toda a cosmogonia órfica (compreende a Noite, o Céu, o Tempo, o Ovo Primordial, o Fulgor, a Sabedoria Prática, o Amor, a Necessidade, ...), protocolo para encontros oficiais com a pequena nobreza da Bavária, badulaques, bugigangas baratinhas, disfarces providenciais para situações imprevistas, inutensílios, tabelas cromáticas de tarefas que caíram no esquecimento, *Amor de perdição,* referência bibliográfica de *Amor de salvação* (só a referência), chocolate velho coberto de inflorescência brancas (não são mofo, mas sim açúcar cristalizado, podemos comer, você quer?), telegramas que prescindem de artigos definidos e indefinidos, minimemos, paixões recolhidas e thesaurus abreviado de platitudes, clichês e bordões (vinte volumes em tamanho fólio).

E quem diria ser a repartição pública uma gaveta para o abismo?

O viajante estatístico

O viajante estatístico desconcertaria La Bruyère e Teofrasto. Trata-se de um tipo que, embora provavelmente já conhecido de muitos, ainda não encontrei descrito com mais vagar. Esboçarei o seu retrato para instrução do leitor. O viajante estatístico é alguém cujas errâncias são orientadas por um projeto preciso: um conhecimento cabal do mundo. Meticuloso, coleta impressões, fotografias, suvenires e, mais importante, carimbos no passaporte. Não raro, traz-nos notícia de Ouagadougou, Tegucigalpa ou Kuala-Lumpur. Geógrafos excepcionais, os universalistas têm na ponta da língua todas as capitais.

Intrépido, em uma frase corriqueira, o viajante estatístico é capaz de alinhavar anedotas do Reino do Botão, quero dizer, Butão, e do Ondiequistão. Aliás, a conversa com o viajante estatístico é sempre permeada de reminiscências de outras viagens. Fala das dificuldades inenarráveis em obter vistos. Das peripécias em atravessar certas fronteiras. Dos episódios de paludismo. Das guerras civis que calhou de viver. E por aí vai. Presente, está sempre alhures.

O viajar estatístico se diz de muitas maneiras, e os viajantes estatísticos são turba igualmente diversa. Os mais ambiciosos propõem-se o conhecimento universal, qual seja, pisar em todos os Estados soberanos. Ainda que de passagem. Mas há regras, pelo que me explicaram. Passagem só pelo aeroporto não conta. Há que ao menos passear pela cidade. Mesmo que seja uma voltinhazinha, entre visitas a consulados na busca inexorável de novos vistos. De preferência, deve passar alguns dias na localidade antes que siga viagem. Só assim para se riscar um país da lista.

A segunda vertente prefere uma aproximação menos quantitativa da questão. Uns especializam-se em certas regiões do mapa-múndi que ambicionam conhecer a fundo — África, Extremo Oriente, América do Sul. Outros partem por longos intervalos, anos mesmo, seguindo itinerários nos quais há um quê de missão. Querem comunicar verdades, esclarecer dadas questões a uma parte do mundo, abraçar tal ou qual causa social. Finalmente, e estes são os meus preferidos, há os que percorrem périplos imbuídos de significação simbólica. São os literatos que se aventuram para além dos botecos ou cafés, que enfrentam crocodilos ao buscar a nascente do Rio Congo, por exemplo. Ou então roqueiros que percorrem sessenta e seis vezes a Route 66, casando e divorciando-se sucessivas vezes no notário sósia do Elvis Presley em Las Vegas, evidentemente. Ou ainda jovens cujos anseios revolucionários os levam a atravessar a América do Sul de motocicleta. Entre os últimos, conto alguns conhecidos, um dos quais recebeu de uma amiga, ferinamente carinhosa, uma camiseta estampada com a foto do belo homem onde se lia "Cli-Chê". A dita amiga era, então, sua namorada, mas não nos surpreendeu que tenha deixado de o ser logo após o rasgo de espírito. Poxa, que os cli-chês da vida possam escrever seus diários de motocicleta sossegados.

Gosto muito de conversar com os viajantes estatísticos a respeito dos meios de transporte que adotam em sua vida vagabunda. Os mais convencionais são adeptos do avião, o que é menos interessante. Outros elegem meios de transporte que, entre excêntricos e pitorescos, são motivo de espanto e maravilhamento. Conheci um senhor mineiro, o ilustre Zé do Pedal, que percorreu a costa ocidental da África em um velocípede. Antes disso já tinha dado a volta ao mundo de bicicleta, descido o Rio São Francisco em um pedalinho (a conferir) e viajado pelo perímetro ibérico empurrando uma cadeira de rodas. Me encantam também as anedotas dos táxis do mato ou, se preferirem, *bush taxi* ou, ainda, *taxi de brousse,* o que impressiona mais. Dessas, o prêmio vai para dois relatos: o de uma capitã de fragata que passou trinta e seis horas em sucessivos *taxis de brousse* (em duvidoso estado de reparação) — alguns dirigidos por motoristas que invadiam a contramão, certos de que eram imortais — em meio à busca pela certidão de nascimento do Tarzan, em Mayumba, no sul do Gabão; e o de uma ortodontista/enciclopédia ambulante que conseguiu evadir a própria morte depois de percorrer a Estrada da Morte, de uma só pista, nos píncaros andinos, numa velha brasília cujo taxista fechava os olhos e fazia o sinal da cruz a cada curva, necessariamente ladeada por um abismo.

Há uns anos, conheci um viajante pangeo que já se encontrava no seu centésimo trigésimo segundo Estado nacional. Houve o usual instante de choque espiritual, de estranhamento. É que sou um ser habitudinário, avesso a périplos e circunavegações, afeito à minha rede, cujo vai e vem me basta. Tenho sempre, na boca e no coração, o aforismo pascaliano segundo o qual toda a infelicidade humana vem de uma só coisa, que é não sabermos permanecer em repouso, num quarto. Estava me sentindo travessa e, no meio do papo, mencionei o estado, naquele então ainda por nascer, do Sudão do Sul. O dito viajante, há meses percorrendo países do sul asiático não estava a par da novidade. Salvo engano, a notícia provocou-lhe certo alvoroço. Terá sido sentimento de ansiedade ao se deparar com um estado que desconhecia? Ou então um caso de fadiga estatística, por se ver um país mais longe do absoluto? Juro que não introduzi o assunto por um ímpeto cruel. Estava mesmo curiosa sobre sua reação a um novo Estado.

A conversa deu-me o que pensar. O viajar estatístico anseia o conhecimento ontológico ou onomástico do mundo? Quem já esteve na Macedônia precisará voltar à Macedônia do Norte? E se a Mongólia se pulverizar em uma dezena de Estados? O que fazer dos estados que deixarem de ser? Quem garante que cada ilhota do arquipélago de Tuvalu não acabará por mergulhar-se definitivamente no mar ascendente? Esses países, esses impulsos atomizadores, esses reboliços da humanidade, da natureza... Ante a fragmentação, a entropia, a segunda lei da termodinâmica, mesmo os viajantes mais infatigáveis vivem momentos de desânimo. Um elemento de incerteza ameaça — ameaçará sempre — os projetos, a ilusão do conhecimento que pretende abarcar o todo.

Mesmo que chovesse

Foi assim. Implicaram com ele quando bateu o pé que não queria ter carro. Preferia ir a pé para o trabalho. Ou, então, de bicicleta. Nos dias de chuva, apanharia o ônibus como outros bilhões de mortais. Não era assim nada de outro mundo. Sentia-se bem nas ruas. A cada pequena caminhada, a cidade oriental propiciava intervalos de meditação. As cores dos sáris das mulheres e das meninas iluminavam os dias mais cinzentos. Ia descobrindo, em seu itinerário, comércios de uma porta, nos quais pairavam nuvens de temperos. Animais entremeavam-se às pessoas, ditando ritmos desencontrados às ruas.

Na repartição, cada dia, despachavam um novo colega até ele para tentar convencê-lo de que tal situação não convinha. Sucederam-se o ministro-conselheiro, o secretário do embaixador, a adida cultural, o agente de portaria, a vice-cônsul, o assistente de chancelaria afabilíssimo, o motorista-arquivista-capelão. Expunham argumentos, apelavam para sentimentos. O trânsito era selvagem, ele poderia ser atropelado. O calor era insuportável, as caminhadas logo se tornariam desagradáveis. As ruas eram sujas, poderia pegar alguma estranha enfermidade. Se por uma desgraça ferisse uma vaca sagrada, poderia ser linchado pela turba. Perderia muito tempo no trajeto. Os macacos eram perigosos, poderiam lançar coquinhos em sua cabeça. Havia ainda a questão candente de representação. Como se apresentaria nas recepções e nos coquetéis? A embaixada tinha uma imagem para manter, e todos os seus funcionários deveriam contribuir para tanto. Razões sem conta para render-se e comprar um veículo multiplicavam-se no correr dos dias.

Mas ele seguia inflexível, ia levando a vida como gostava, cheia de pequenos prazeres e descobertas. As caminhadas permitiam imiscuir-se na multidão. A caminho, a arquitetura da cidade se lhe ia revelando. O itinerário era um pouco diferente a cada vez. Novos ângulos abriam-se nas pausas imprevistas pelas ruas. Ao repousar os olhos no horizonte em tal ou qual altura de um quarteirão, avistava uma cúpula que antes estivera oculta. Um prédio insuspeito tornava-se subitamente belo, quando levantava o olhar para seus andares superiores. Sentia-se um pouco mais livre e aprendia a gostar da cidade. Era conhecido em seu bairro. Mesmo nos corredores mais recônditos do mercado. E o exílio ia se tornando tolerável. Não fosse a insistência dos colegas...

A data nacional chegava e o burburinho tornara-se incessante. Naquele ano, a data cairia num sábado. Como ele faria se chovesse? O transporte público era escasso nos fins de semana. Mais importante, sugeriam que não convinha chegar a pé ante as autoridades locais e todo o corpo diplomático. As instâncias superiores não apreciariam nem um pouco se alguém como ele, conselheiro, que ocupava posição relativamente importante, se apresentasse de forma indigna na efeméride nacional. Ele não perdeu a fleuma. Sorria com benevolência e furtava-se de dar quaisquer explicações. Que não se preocupassem, não faria má figura. Mesmo que chovesse. Mas não choveu.

No dia, ele, que era tão pontual, atrasou-se um pouco. Algumas senhoras já flanavam pelas aleias do jardim da Embaixada. Tagarelavam, flor a flor, sobre tudo e nada. Entremeavam-se entre elas os senhores, trazendo aperitivos e canapés. O sol ascendia implacável na abóboda celeste. Derramava seus raios sobre vestidos e casacas, revelando matizes e padrões. Certas convidadas protegiam a delicada cútis sob chapéus de aba larga e cores estivais. Chapéus com flores de seda cuja frivolidade de pétalas e sépalas, em meio a ramos pomíferos, nunca deixava de espantar os garçons silentes, que circulavam no dédalo de arbustos. Uma brisazinha marulhava a flora polifônica. Não fazia por menos a banda, em galantes uniformes, que tocava um jazz levinho, que se harmonizava à *petite musique* da folhagem.

Nem mesmo dez minutos haviam se passado, e todos já especulavam se alguma das muitas tragédias anunciadas tinha se dado. Inclinavam as cabeças inconformados. No fundo, ele era um bom colega. Não merecia isso. Cada qual se envaidecia um tantinho da própria clarividência naquele caso. Há muito, tinham prenunciado as consequências de sua excentricidade insensata. O triste era que o caso se desse logo hoje, dia tão sensível. Ah, se tivesse dado ouvidos aos bons conselhos que tinham oferecido, não estaria atrasado, em apuros, ou talvez mesmo morto.

Mas não. O jardineiro acorreu para tranquilizá-los. Seguiram até a entrada. Alvoroçaram-se ao avistar o colega de longe. (A bem da verdade, vários sentiram uma ponta de decepção. O anseio mesquinho, mas humano, pela desgraça fora ainda esta vez frustrado). O funcionário que se recusava a ter um carro vinha com toda circunstância. Chegava sobre um elefante ornado com bela indumentária de seda amarela e verde, que resplandecia lindamente contra o cinza opaco da pele de paquiderme. Um para-sol com franjas douradas o protegia. O elefante avançava com toda pachorra, passo a passo, pé ante pé. De tempos em tempos, abanava as orelhas, assim, é provável, afastando o zumbido dos mosquitos asiáticos os mais renitentes. Balançava, galante, a tromba para lá, para cá, para cá, para lá. Ia, assim, pouco a pouco, percorrendo a distância até a sede da embaixada. E havia imensa dignidade em seu movimento lento. A pressa é só para aqueles a quem não é permitido o vagar.

O contratado local responsável por assuntos protocolares estremeceu só de imaginar os obstáculos burocráticos que teria de enfrentar para obter uma placa diplomática para aquele veículo.

Com delicadeza, o elefante sentou-se ao portão da embaixada para que ele pudesse deslizar até o chão. Antes de entregar o elefante ao guia, afagou o gigante e trocaram um olhar de despedida. Por um instante, de um lado e do outro, antes de cerrarem as pálpebras, refletiram-se luz, poeira, nuvens.

O funcionário adentrou pelos jardins. Logo logo teria início a execução do hino nacional. Juntou-se aos colegas sob uma tenda para quebrar o fulgor do sol. A linha melódica voluteava pelos ares perfumados por inflorescências desconhecidas. Nos olhos do funcionário, uma névoa se formou. Não, não eram brios patrióticos, que ele não era dado a isso, embora o observador desavisado a pudesse atribuir a tais. Era a memória dos olhos do elefante, sua parte mais fluida, onde encontrara boa quantidade da ternura do mundo. E muito da tristeza.

Subtraído

Um grito de deixar os cabelos em pé soou no quarto andar. Era um grito alarmante. Vinha, ao que parecia, da sala do chefe. Urgia atenção imediata. Algo de terrível tinha acontecido. Não restavam dúvidas. Concorreram a secretária, a coordenadora da administração e o ubíquo técnico de informática.

Encontraram o chefinho percorrendo a superfície de sua vasta mesa com um olhar severo. A ira lampejava no amarelo felino dos seus olhos:

— Quem roubou a minha calculadora?

— Não sei… — disse a secretária prontamente.

— A calculadora? — perguntou a coordenadora da administração.

— Não fui eu — o técnico de informática adiantou-se, procurando se desvencilhar de qualquer sombra de desconfiança.

— Alguém roubou a minha calculadora. Era só o que faltava. Isto aqui é um sarapatel! — o chefe trovejou.

Cada qual voltou para a sua sala. Examinavam, no caminho, todas as superfícies com esperança de encontrar o objeto subtraído. Embora nenhum deles se lembrasse de tê-lo tomado emprestado, procuraram até mesmo em suas próprias mesas. Vai ver que tinha ali se materializado, naquela repartição de incertezas tudo era possível. Mas nada. O paradeiro da calculadora seguia desconhecido.

Em intervalos variados, voltaram à sala da chefia, sem remédio para aquela crise. Ofereceram outras calculadoras, mas o chefe queria a dele, calculadora fetiche, uma senhora calculadora de muitas décadas, alimentada por energia solar, da marca Texas Instruments, que tinha sido presenteada quando ele ainda estava no secundário, de um matiz azul raro, sóbrio e belo. Outras não serviam. E os três funcionários aos quais participara a sua dor vagavam perdidos, incertos sobre o jeito de consolá-lo de uma perda assim inexplicável. Especialmente comovida, a coordenadora da administração zanzava entre sua sala e a da chefia. Não compreendia aquele mundo atroz em que calculadoras eram surrupiadas sem mais nem menos. Calculadoras, havia de sobra naquela repartição. Levarem justamente a dele! E de estimação ainda. Estava tudo desconforme.

Até que, por acaso, a coordenadora da administração lembrou-se de aplicar um método infalível: atentar para o que estivesse na frente do seu nariz. Repousou os olhos sobre a mesa do próprio chefe e ali avistou uma calculadora. Uma calculadora azul. Que azul mais esmaecido, pensou consigo. Bem longe do matiz extraordinário que tinha imaginado. Mas quem era ela para questionar os juízos sobre o belo da parte do chefe, que gozava de ilibada reputação estética. A bem da verdade, aquela coordenadora era dotada de superior acuidade visual. Por isso, capaz de localizar uma calculadora reluzente em seu raio imediato de visão, até mesmo em meio ao turbilhão de papéis, maços, cartas.

— Seria aquela a calculadora do senhor? — sugeriu tímida.

— A própria! Foi você quem roubou! Malandrinha! — exclamou o chefe recuperando sua disposição solar.

— Não senhor, estava ali o tempo todo. Pensei que fosse outra — ela disse rindo.

A secretária, que assistiu à cena toda, soltou um suspiro de alívio. O técnico de informática saiu de fininho. Mais uma crise era superada com relativa habilidade naquela repartição na Transilvânia, corrijo-me, na Pensilvânia. O chefe, alheio aos funcionários, deslizou a calculadora da concha monocromática que a tampava. Pôs-se a acariciar as teclas quadradas de uma disposição harmoniosa, delimitadas por retas perfeitamente paralelas. Seus subordinados encostaram a porta devagarinho, para deixá-lo usufruir do momento íntimo, de prazer no reencontro com o objeto antigo, que de alguma maneira se salvara da voragem do tempo. A calculadora era um símbolo de continuidade naquele mundo melancólico de impermanência e perdas. Dedilhava as teclas delicadamente e elas respondiam ao seu toque como dantes.

Aos poucos, porém, sobreveio-lhe uma dúvida. Calculava o preço que a crise cobrava em sua economia psíquica. É que, em suas inúmeras mudanças em décadas de carreira, a presença da calculadora sinalizava que algumas coisas eram constantes. Tudo ao seu redor era outro, mas a mesma calculadora trazia respostas sempiternas às suas indagações. Tinha a calculadora na conta de uma máquina metafísica. Era o seu consolo de burocrata, na confusão babélica de línguas, pessoas, paisagens, culturas, sabores. Mas e esse sumiço repentino? Abalava a sua confiança nas verdades eternas. Uma calculadora capaz de ofuscar-se poderia facilmente pregar outras peças. E se, porventura, dois e dois deixassem de somar quatro? E se um deus embusteiro, um gênio maligno se interpusesse entre ele e o teclado tão alheio aos mistérios, comprometendo a fiabilidade dos cálculos? E se os circuitos de seu maquinário fossem invertidos, inutilizando-a completamente? E se uma cegueira trágica, um véu epistêmico o impedisse de ler corretamente o visor? Ocultasse o ser da calculadora?

Interrogações exponenciais multiplicavam-se em progressão geométrica, elevavam-se à enésima potência. Contemplava a calculadora, imerso em dúvidas. Sentia que havia caído em águas profundas e que seus pés não alcançavam fundo em que se firmar. Talvez fosse o crepúsculo, mas o azul desbotado de sua carapaça lhe pareceu um tanto soturno. Conquanto suas teclas argênteas cintilassem, divisou nelas uma malícia metálica. Arrepiou-se. Assim como a calculadora, o mundo parecia subitamente outro. Avançavam sombras, as cores cediam a nuanças de gris.

Máxima zen-burocrática

Não se lançar, afoito, a tarefas futuras. Não ir com muita sede ao pote. Não se precipitar e responder a problemas que ainda estão se constelando. (Nesse caso, a precipitação será o problema.) Não se antecipar para resolver questões em potência que provavelmente serão deslindadas pela flora e fauna das gavetas.

O Sinistro de Estado

Segundo os anais da história, à invasão transilvana daquele pequeno país dos Bálcãs, sucedeu um governo interino de outro mundo. A crônica do período tem muitas lacunas. Mas ao transitar pelos lapsos temporais da narrativa, cujas elipses dizem muito, emerge um registro cívico de vícios e desvios numa escala que assombra mesmo o leitor escolado no rol da depravação humana. A vida nacional passou a ser vincada pela tensão dialética entre os polos da repressão violenta e da resistência. A violência não era só retórica. Entre mortos, desaparecidos e alienados, as vítimas do regime estavam na casa dos milhões. A capital tinha se tornado *habitat* de predadores, monstros, especuladores, peculadores.

O presidente outorgado executou um plano de governo de iniquidade ímpar, astutamente disfarçado por detrás de sua aparente mediocridade. Data do período, inclusive, o conceito de "mediocridade do mal", variante da "banalidade do mal", como se sabe, que descreve a tentativa de instrumentalizar a identificação da população com a simulada mediocridade do estadista para avançar com pautas nefárias, que vão contra o interesse geral. Sobre o presidente, dizia-se ainda que era devoto de uma igreja obscura que cultuava o divino Fósforo. Era um eufemismo. Para o bom entendedor, basta uma palavra. De cabeceira, tinha aquela outra bíblia, a da diatribe infernal. Não surpreende, portanto, que tenha adotado o mefistofelismo programático durante todo o seu governo. "Sacrifício" era a palavra que estava na ordem do dia. Inclusive, humano.

Para integrar seu gabinete, os requisitos eram: compleição gris, sede de sangue, hábitos noctívagos. Na pasta das Relações Exteriores, por exemplo, o Sinistro de Estado só despachava depois de o sol se pôr e era avesso a posar para fotografias. O da Fazenda, prestidigitador pré-lapsário, tinha um olho de Górgona que petrificava a renda quando o assunto era política distributiva. O da Educação não poupava vitupérios nem mesmo para o elevador, cuja velocidade não era a da luz. O da Justiça, cujo-nome-não-se-dizia, mandava deter até mesmo criancinhas. O da Saúde obrigou as instituições públicas a retomarem o uso salutar de sanguessugas.

Um dos legados daquele governo foi a modernização da rede de bancos de sangue. Isso há que se conceder. Bancos de sangue ganharam *lounges* luxuosos, com vista panorâmica, e fontes que reluziam citrinas. Neles, se ofereciam coquetéis de sangue que nem a gastronomia molecular vislumbrara. O *menu* de delicadezas e delícias fora concebido por um *sommelier* romeno-japonês celebrado mundialmente, cujo *nom de plume* era Nosfer Ato. Entre os *habitués* desta rede *chic* de Bancos de Sangue estava gente distinta, que sorvia os *drinks* com sofreguidão, uma gotinha de sangue no canto da boca. Ah, no íntimo de cada dignitário público espreitava um vampiro.

Houve também vultuosos investimentos na indústria de produção de esquifes, em especial aqueles de luxo, forrados de seda, capazes de se fechar hermeticamente, com sistema de isolamento acústico, música ambiente, janelas de vidro antiembaçante e mecanismo interno de travar e destravar. Reza a lenda que, naquele período, em muito velório de gerontocrata, o morto presumido levantava-se do caixão para espanto dos familiares e bajuladores, que ensaiavam lágrimas secas com a ajuda de um lencinho torcido. Que injustiça a dos detratores do governo! Seus formuladores de políticas públicas tinham sim alguma preocupação com o bem-estar social: os mortos (assim como os mortos-vivos) nunca tinham repousado com igual conforto e dignidade.

Nas ruas, a vigilância crescia qual sombra no crepúsculo. As pessoas seguiam para seus destinos buscando apequenar-se, ofuscar-se, eclipsar-se, anular-se, invisibilizar-se. O coração por um tris quando se escutava a música monotônica de passos. A violência aflorava polimórfica. Agentes deslizavam pelas ruas sibilando sentenças sumárias. Eram muitas as histórias de desditas. Dizia-se que o estado se tornara colecionador emblemático da cidadania, embalsamando os desaparecidos para incorporá-los em sua *collection curieuse*. Embalsamados e currados. Pelo menos, era o que se insinuava no registro efêmero das páginas policiais e seções de cotidiano de jornais e tabloides. A posse é a mais íntima relação que se pode ter com as coisas, nas palavras de um cronista de outra época brutalíssima.

Em pleno carnaval, o silêncio era sepulcral. Na orla prismática do horizonte, pássaros voejavam agourentos. Os ornitomantes vaticinavam o fim do regime de exceção. Sobreviria, até mesmo para aquele governo sinistro, a derrocada nas asas do ocaso.

As musas menores

Segundo Hesíodo, as nove musas nasceram no Monte Hélicon, na Grécia. Outras fontes afirmam serem naturais do Parnaso. São filhas de Zeus e da Memória. Na repartição, nos deparamos com musas menores. São de origem obscura. Num rasgo de lirismo de escrivaninha, alguém de pouca inspiração poderia arriscar-se a dizer que nasceram de Gournay e Weber. Mas, para ser bem sincera, não diria exatamente que nasceram. Talvez as tenham instituído por portaria interministerial.

Embora menos inspiradoras que suas primas parnasianas, ao menos as musas menores observam o novíssimo manual de redação da presidência. O que resulta em páginas tristes no Diário Oficial da União, convenhamos. Mas mais tristes são os que lhe fazem libações e oferendas nos intervalos regulamentados pela portaria que dispõe sobre o ponto presencial. Enquanto tomam um cafezinho que já conta seis horas na garrafa térmica com placa de patrimônio, rabiscam palavras no verso de ofícios e memorandos descartados. Imagino-os, com algo de melancolia, devaneando no alarido de pleno expediente.

O mocinho poeta, que pratica o verso livre, devoto da Polímnia, a dos muitos hinos, depois de aprovado no concurso, ainda no estágio probatório, passou a consolar-se com a Oligoímnia, a musa de poucos hinos, ou mesmo a Anímnia, a destituída de hinos. É que já quase não sobra tempo para a poesia. Quando muito, rouba uma horinha à preparação de memorandos para dedicá-la à leitura dos romances de capa e espada ou das novelas policiais, já que o cansaço lhe proíbe gêneros mais elevados.

Quem diria!, aquela jovem senhora de óculos vermelhos foi um dia discípula dileta de Urânia, a musa celestial. Agora é escrava de Mundânia, a irmã terreal. Emprega a sua inteligência, atilada pelas leituras metafísicas e dos racionalistas, em tarefas como o aluguel de tendas para as comemorações de data cívica facultativa ou a elaboração de palavras de circunstância para cerimônia de abertura de feirinha paroquial.

Um contínuo vaga pelos corredores, um olho na página de um volume de versos, o outro no carrinho de pastas que empurra. Busca as alegrias de Euterpe, a que deleita. Os seus dias de labuta, que começam às cinco da matina, costumam desenrolar-se sob o signo da musa rival Eutorpe que se manifesta na habitual chuva de reprimendas e queixas, quando não de agressões de um funcionário que exerce com crueldade seu *petit pouvoir*.

Pudera fizesse aquele homem de bastos bigodes as suas libações a Calíope, a musa de bela voz. Inspira a sua verve a quase homófona Kkklíope. Seu turno é pontuado pela banalidade de prolíficas publicações efemeríssimas num microblog cujas linhas temáticas são a insídia e a invectiva. Não tem nada de épico a sua chacota de baia de repartição, a qual ecoa na franja lunática, como a descreveu um sagaz leitor e pensador que pôde se aposentar antes do advento de tristes tempos.

Dentro do órgão, existe um culto secreto a Felpômene, a prima torta e maledicente da encantadora e melodiosa Melpômene. O próprio diretor é mestre da dita ordem, tendo atingido azedume e incoerência ímpares em seus escritos. As páginas repugnantes e raivosas de seu diário público são tomadas como modelos nas oficinas de escrita hidrófoba em escolas de ignorância empolada província afora.

Num dos mundos possíveis, a vida da agente de segurança destacada para o sexto andar se desdobraria sob a estrela de Tália, a florescente musa da poesia idílica e da comédia. Neste, tocou-lhe entrar para as hostes de Ba-Tália, com o perdão do trocadilho (informo à leitora e ao leitor que o editor e a autora se engalfinharam nesse passo). Os enfrentamentos na repartição são mais sutis, guerras secretas que lançam mão da rádio-corredor, infidências sussurradas no elevador no trajeto do térreo até o andar da divisão, boatos lançados no restaurante do subsolo, o insigne "Garajão", onde se almoça entre espigas de trigo decorativas, sob lâmpadas fluorescentes, com vista para sóbrias (ou sorumbáticas, a depender de sua visão de mundo) naturezas mortas em tinta a óleo.

Quem diria que o homem circunspecto, subchefe da divisão vizinha, foi um dia o terror dos bailinhos de bairro, a partir dos quais galgou a gafieira estudantina e ascendeu ao panteão das academias da dança de salão. Ultimamente, nosso "pé de valsa", como vai a expressão, anda esquecido da musa Terpsicore, a que inspira a dança (curiosidade: foi ela quem pariu as sereias, que cantavam, mas não sabiam dançar). Com seus pés ligeiros, hoje o subchefe vale-se mais da musa fitness Terpsicorre, divindade atlética à qual se recorre para manter a forma e o tônus muscular, mas sobretudo quando surge o imperativo de eclipsar-se a toda velocidade para evadir certas tarefas ingratas ou desviar-se de objetos contundentes lançados por determinadas chefias.

Quanto à senhorinha de olhar zombeteiro e humor ferino, tem uma faceta desconhecida entre seus pares na alta hierarquia do órgão. Com sua escrita precisa, elegante, escorreita, todos colocam seu talento na conta da musa de gabinete Errata, aquela que se ocupa de vírgulas facultativas e obrigatórias e filigranas mais da gramática normativa. Serei só eu que me encho de assombro, de veneração mesmo, ao reconhecer a autora da mais deliciosa poesia amatória de nossos tempos? Quem jamais poderia imaginar Erato sombreada por Errata?

Há, ainda, Sua Astralidade, o jovem funcionário em ascensão meteórica na progressão funcional, que há muito dispensou, com um piparote, Clio, a musa da História, que concede fama mas pede rigor, isenção e veracidade. Entre a biografia e o currículo, entre a alma e promoção, o mocinho de suíças não pensa duas vezes. Está a todo momento palmilhando os caminhos ilusórios da notoriedade. Cheio de marcas de manuseio o seu volume da *Arte da bajulação.* Iniciado em práxis sorrateira, dá-lhe Créu.

O estripador de galinhas

Era responsável pela administração de uma pequena embaixada num país africano simpático e ensolarado. Fora com a promessa de uma vida igualmente simpática e ensolarada. A chefia era a melhor possível, e o país — belo, pequeno e incógnito da malta de *touristes* — oferecia agradáveis passeios de fim de semana. A comida era incomparável, deliciosa culinária do oeste da África com inflexões da alta cozinha francesa. Mais importante, por lá, ele teria como se distanciar da azáfama da vida moderna. O ritmo do dia a dia era ditado pelas ondas pequeninas e espaçadas que quebravam nas prainhas de estuário que orlavam a capital. O seu antecessor confidenciara que, por vezes, até sobrava tempo durante o trabalho para ler Plutarco. Imagine, em seus dois anos naquele posto, percorrera todas as *Vidas paralelas* e uma parte da *Moralia*.

Não estava, portanto, nada preparado para uma crise de tal magnitude, que se arrastava havia meses. As intimações escalavam. No ar, ameaças de eclosão de um conflito. Insinuava-se o recurso às cortes arbitrais internacionais. A correspondência a respeito da dita crise já se estendia por dois tomos. O pobre chefe da administração ultimamente andava mesmo se fazendo escasso nos coquetéis do corpo diplomático, com medo de que a tensão aflorasse em discussões entre canapés e taças de espumante. Isso para imenso pesar de sua esposa, que, com todo amor que lhe tinha, apreciava a distração de um coquetel.

Já não sabia mais o que fazer. No curso de remoção, tinha aprendido sobre compras para suprimento de fundos. Sobre a realização de pagamentos salariais e de aluguéis. Sobre as regras para tomadas de preços. Sobre a regularidade imperativa de atualização do inventário. Sobre as diferentes rubricas orçamentárias. Sobre o cálculo para fazer a conformidade contábil. E outros honestos assuntos administrativos. Mas não houve um módulo sequer sobre negociações bilaterais entre vizinhos. Mesmo porque, tinha sido removido para um país transatlântico, que não poderia ter (e, de fato, não tinha) qualquer disputa lindeira com sua pátria.

O impasse, o desespero, a exasperação já o tinham levado às lágrimas em pleno expediente. Embora a porta estivesse encostada, o seu pranto logo atraiu a minguada população embaixadesca, que se desdobrou para procurar consolá-lo aquele dia. Alternaram-se o vice-cônsul, o oficial de chancelaria/músico virtuoso, o contínuo, a copeira, a adida militar e até mesmo, espanto dos espantos, o plantonista sempre desavisado, que lhe facultou um lencinho de papel.

O caso era este: os galináceos do vizinho, embaixador da França, estavam pouco a pouco sendo dizimados pelo cão que guardava a residência do embaixador do Brasil. Digamos que se chamava Calígula o ladrante homicida de orelhas compridas e focinho úmido. O faceiro dito cujo era inteligente, mas inculto e rústico. Não tinha sentimentos morais. Ignorava o direito consuetudinário da boa-vizinhança. Que os galináceos fossem animais simbólicos da França, *tant pis*. Devorava sem dó todas as aves incautas que porventura dessem mole no terreno que vigiava, que por acaso calhava também de ser a residência oficial do embaixador de um país latino-americano.

Nos almoços de sábado, os reduzidos quadros da embaixada estudavam estratagemas para desarmar aquela tensão fronteiriça. Do jardim, o facínora lambão e carente acompanhava os debates. Quando se prolongavam demais, deitava a cabeça sobre as patas e bocejava, mas suas orelhas inquietas continuavam a seguir os rumos da conversa. Depois levantava-se para fazer a ronda do jardim. Abanava a cauda, tão inocente, ninguém suspeitaria tratar-se de um fofinho estripador de frangos.

A saída de gênio veio da senhora embaixatriz. Sorriu. Perto do imbróglio de mapear os convidados nas mesas de jantares oficiais, aquele problema era fichinha. Para além das lidas de cerimonial, contava a adorável embaixatriz com um raciocínio jurídico consistente. Invocou a Convenção de Viena sobre Relações Diplomáticas (1964). Como algumas passagens lhe parecessem um tanto vagas, recorreu igualmente à Convenção de Havana (1928) e aos Atos do Congresso de Viena (1815). Se preciso fosse, estava preparada a voltar ao *Da Embaixada,* tratado do orador ateniense Ésquines (séc. IV a.C.). Mas não era caso para tanto. Lançou mão, ainda, da jurisprudência internacional e de atos recém-publicados no âmbito doméstico. Valeu-se, por exemplo, com muita pertinácia, da recente anistia aprovada pelo Governo Federal, que contemplava todos os imigrantes indocumentados que se encontrassem em território brasileiro. Como golpe de mestre, propôs nova modalidade de direito à nacionalidade que transcendia o *jus soli* e o *jus sanguinis*. Era o *jus horti*.

Eis o resumo da ópera:

1. A inviolabilidade das missões diplomáticas, a exemplo de outras imunidades, tem o intuito de fomentar relações amistosas entre as Nações, independentemente da diversidade dos seus regimes constitucionais e sociais.

2. A residência da Embaixada do Brasil, local de missão, é inviolável e está submetida ao ordenamento jurídico brasileiro.

3. A residência compreende todo o terreno ao redor da casa, conhecido como "jardim".

4. O governo brasileiro ofereceu anistia aos imigrantes indocumentados que se encontram em seu território.

4'. Frangos de origem estrangeira em jardim brasileiro são imigrantes indocumentados.

5. À luz da recente anistia graciosamente oferecida pela República Federativa do Brasil, frangos de origem estrangeira que se encontrem

em jardim brasileiro (inclusive os frangos franceses que buscarem asilo nos jardins de missão brasileira) brasileiros são com base no *jus horti*, princípio pelo qual a nacionalidade pode ser conferida a um indivíduo que se encontre em jardim brasileiro. Adicionalmente, frangos em território brasileiro devem se submeter às leis nacionais.

6. Por analogia, cães que se encontrem em jardim brasileiro brasileiros são e devem igualmente se submeter às leis nacionais.

7. Segundo a legislação brasileira, não há impedimento ao assassínio das aves galináceas com fins alimentícios ou rituais, seja por seres humanos, seja por outros animais.

8. Adicionalmente, conforme as leis da natureza, os animais devoram-se uns aos outros.

9. Com base no decreto de anistia, na legislação brasileira, no princípio da soberania das nações, nas leis naturais, no *jus horti* etc. e tal, e no princípio de o que não é proibido permitido é, fica decidido que frangos de origem francesa que se encontrarem em jardim brasileiro podem ser devorados por cães brasileiros, sem prejuízo ao erário.

10. Sem mais.

O teor do argumento acima exposto foi comunicado por carta oficial à Embaixada da França. Receando que suas preciosas galinhas virassem ração para o temido vizinho canino ou, pior, franguinho de cabidela ou frango ao molho pardo nos preclaros almoços de domingo brasileiros, a Embaixada da França viu-se obrigada a reforçar o aramado do seu galinheiro. As galinhas fujonas se fizeram escassas.

Nesta história, só saiu perdendo o pretérito malfeitor Cali, apelido carinhoso do nosso cãozinho Calígula, que continua a perseguir galinhas em seus sonhos. Ainda dedica boa parte do seu dia a vigiar o muro lindeiro à residência da França, demonstrando método em seu latir incessante. Percorre toda a extensão do muro vezes sem fim na esperança de cair para este lado da franja de fronteira um franguinho incauto. Esperança sempre frustrada, mas Cali não abandona os velhos hábitos, a segunda natureza. Cogita escavar um túnel, mas o terreno pedregoso impede a consumação do projeto. No cair da tarde, por vezes, bate-lhe uma nostalgia danada. Lembra, saudoso, dos banquetes de tempos idos na embaixada.

O arquivo morto revisitado

O arquivo morto, no terceiro subsolo, evocava um misto de curiosidade e horror. Nos corredores era objeto de comentários discrepantes. Os mais otimistas diziam, solares, que cheirava a naftalina. Os elípticos limitavam-se a comentar que havia o primeiro subsolo, rodeado de jardins, o segundo subsolo, onde estavam o arquivo e algumas divisões mais, e que depois havia o terceiro subsolo... Os apocalípticos segredavam que, no arquivo morto, servira uma ilustre linhagem de funcionários devotados, todos... mortos!

— Não se preocupe — procurava confortá-la o chefe da Divisão do Pessoal quando soube da portaria que a lotava por lá. — O arquivo foi todo modernizado. Tudo em conformidade com as leis de licitação. Agora ele conta com as estantes deslizantes mais modernas e assépticas que existem. Oito quilômetros lineares de estantes. E o Guia de Indexação foi igualmente revisto, está uma maravilha! De incomparável racionalidade. Soube estes dias que instalaram por lá desumidificadores os mais possantes de que se tem notícia. Agora estão até estudando eliminar o pagamento de adicionais por insalubridade e periculosidade. Mofo, ácaros, poeira, *never more. Never more,* querida!

— Modernizaram mesmo o arquivo morto? — ela perguntou esperançosa, ainda que em sua mente ecoasse o bordão do corvo oitocentista, *never more, never more.*

— O arquivo morto? Bem, o arquivo-morto... Você disse o arquivo morto? Tenho uma lembrança vaga. Parece que estão licitando o projeto da atualização dele... Seguramente coisa de poucas semanas, não se preocupe. Vai ficar um brinco! O arquivo morto... Você tem certeza?

O chefe da Divisão do Pessoal lia e relia a portaria procurando uma ambiguidade de escopo, um erro de digitação, uma retificação mais embaixo. Deu-se mesmo o trabalho de conferir portarias ulteriores, esperançoso de achar uma correção. Mas não encontrou nada. O texto era inequívoco. Por capricho incógnito do Olimpo Burocrático, tinha sido designada para cuidar do arquivo morto. E do arquivo morto se ocuparia.

Sentia olhares condoídos quando atravessava o saguão. As pessoas abaixavam a cabeça. Os estranhos almoços de despedidas se sucediam concorridíssimos. Por vezes, desconfiava que a enterrariam viva no terceiro subsolo. *Never more, never more!*

E ela relutava em se apresentar à Coordenação-Geral do Arquivo Morto. Adiou o quanto pôde. Mas os recursos a férias, licenças-prêmio e de nojo, para além de três afastamentos, iam-se esgotando. A sua chefia tentou segurá-la na Divisão de Clima, Ozônio e Segurança Química. Elevou à apreciação do subsecretário os memorandos mais bem fundamentados sobre as prementes necessidades de serviço e as qualidades sem par da promissora funcionária. Não deram em nada. O clima ia se deteriorando. De nada adiantou apresentar-se como candidata a remoção para uma repartição historicamente sublotada nos confins de Uqbar...

Lançou mão de todos os recursos administrativos disponíveis. O pedido de reconsideração esgotou as instâncias de seu ministério e foi encaminhado a outro órgão. Durante todo o ano, ela ligava diariamente para um funcionário na área responsável para saber no que ia dar. Em poucas semanas, já tinha conhecimento cabal dos horários em que ele chegava pela manhã e saía no fim da tarde, o período de almoço, os dias da ioga funcional, o cronograma de cafezinhos remunerados, o calendário de férias. A coisa ficou dramática quando o pedido foi para outro setor, cujo subchefe alegava não ter recebido o ofício em questão. Num dia de desespero, visitou o órgão para descobrir que o novo setor ficava na mesma sala do anterior, *i.e.*, ocupava a mesa ao lado, e que o seu pedido encontrava-se debaixo de uma senhora pilha de pastas vermelhas no escaninho de assuntos urgentes que só o tempo resolveria. O fim do ano aproximava-se para sua aflição. A mudança de ano calendário e gabinete ministerial exigiria reiniciar a tramitação nas duas Pastas com competência sobre o assunto.

E assim foi. Estava condenada a viver de repartição em repartição, percorrendo corredores os mais empoeirados de arquivos cheios de ácaros e mofo, nos subsolos mais lúgubres. Vislumbrou décadas de vida pública em que seu ofício circularia *ad aeternum* entre aquelas duas Pastas obedecendo à faina dos ritmos temporais da vida pública. A sua própria vida passou a ser ditada pela rotina, pela disciplina, pela liturgia de despachos. Até que, por fim, a nomeação que tanto se esforçara em reverter foi publicada. Saiu na coluna ao lado do decreto que incluía o E.T. de Varginha na lista de Bens Culturais de Natureza Ultraterrestre. Em linhas justificadas, em fonte serifada, tipo oficial, tamanho 9. Não passava de uma dezena de palavras, mas sentia que eram as palavras mais consequentes para o seu destino. O Diário Oficial da União, uma moira hodierna.

Chegou o dia fatal em que ela teria de se apresentar no arquivo morto. Eram os ossos do ofício. Ou o ofício de ossos. Penetrou pelos corredores labirínticos. De tantos em tantos metros, faziam-se mais ermos. E seus passos, mais hesitantes. O primeiro subsolo era praticamente habitável, sob a luz emprestada dos jardins subterrâneos e limosos. O segundo subsolo tinha algo de sua vitalidade subtraída pela iluminação artificial. Deu voltas e mais voltas até que o recepcionista do arquivo sigiloso começou a seguir seus passos, desconfiado, e ensaiou o gesto de levantar o telefone para chamar a segurança, cioso dos conteúdos ultrassecretos que guardava.

Ela parou ante a porta que a levaria ao seu destino derradeiro. Era de um vermelho vivo, a porta. Ainda que descascada nas laterais. Estremeceu. Sua mente insistia em fazer associações as mais mórbidas. Portas banhadas em sangue! Os desprazeres da imaginação, suspirou. *Never more, never more.* Respirou fundo. Fechou os olhos. Empurrou as barras antipânico que davam para a escadaria sinistra. O olhar atento revelou-lhe que, apesar da camada de tinta antioxidante, a ferrugem florescia.

Never more, never more... Do terceiro subsolo, exalavam miasmas.

Um coquetel à deriva

Filócoro diz, em certo passo, que Eurípides deve ter vivido no litoral, pois seus trechos mais líricos descrevem o mar. Sátiro, levando em conta a misantropia dos personagens do tragediógrafo, deduz que ele provavelmente habitou o isolamento de uma caverna a beira mar. Na tal morada, Sátiro nos conta, o poeta "passava o dia consigo mesmo, sempre meditando algo e escrevendo, simplesmente desprezando tudo que não fosse grandioso ou venerável". Daí a alguns séculos, a suposta caverna teria sido visitada por Aulo Gélio e descrita como "fedorenta e horrível". Em certas das peças de Eurípides, o mar é tomado como uma presença propiciadora. Em outras, surge como um agente hostil. O mar — com suas vagas, ressacas, marés, com sua violência aleatória — mostra-se uma metáfora poderosa para o curso do destino humano.

Não sou Eurípides, não vivi numa caverna marítima, não escrevi peças que traduzem a grandeza na figura dos movimentos erráticos do pélago. Mas, em certa ocasião, deparei com a fúria do mar. Durante um par de horas, senti-me um joguete nas mãos das lindas oceânides, de dedos alvos e brilhantes, cujos rostos líquidos estavam sempre cobertos por véus de espuma que se desmanchavam. Cheguei a acreditar que sucumbiria à força inextricável das correntezas talássicas. Mas, não. Sobrevivi. E estou aqui para contar esta história tragicômica marítima. Pois bem.

Era o aniversário oficial de *Her Majesty the Queen.* A representação do Reino Unido naquela capital bolou uma comemoração *quite peculiar.* O *cocktail* teria lugar no veleiro-escola da marinha real, que calhava de estar por ali. Era um lindo veleiro, o *Great Albatross,* em cujo nome ecoavam os píncaros da poesia romântica. O *Great Albatross* contava com bela composição de trinta e duas velas (entre redondas, latinas, auxiliares e de mau tempo; a área vélica superava os dois mil metros quadros). Contava, igualmente, com bela tripulação de trinta e dois homens e uma mulher da *Royal Navy.* O corpo diplomático e os adidos militares compareceram em *summer whites.* Estávamos todos em polvorosa, pressentíamos que aquela noite seria *great fun.* Chegamos *quite punctually* às 18:00 e o veleiro saiu de vento em popa às 18:22. O Sol que — peço complacência com a evocação do lugar comum —, em certa altura da história, nunca se punha nas terras da coroa de *Her Majesty the Queen,* caía por trás de um *picturesque* amontoado de nuvens cúmulos. Atraídos por petiscos, uns golfinhos, peixes voadores e outros tantos adoráveis seres marinhos nadavam conosco, auspiciando uma boa viagem com as lindas volutas que traçavam no ar.

Logo no convés principal topei com meu amigo Kesushi, secretário da delegação japonesa. Kesushi era *rather eccentric.* Em cada festa nacional, arvorava uma gravata alusiva à data comemorada. Na daquela noite, havia um lindo padrão de bolos de aniversário ornados com incontáveis velinhas, *very appropriate*. Entabulamos uma conversa *delightful* sobre os gatos, os felinos. Kesushi me explicava que a Embaixada do Japão havia cedido os seus jardins para um acampamento de gatos refugiados, cujo convívio alegrava seu dia, mitigando a solidão no estrangeiro.

Tocou-me aquela confissão de fragilidade, aquele pequeno momento em que descortinava o seu íntimo. E pensei como, nas nossas vidas pelo mundo, éramos governados pelo acaso. Havia algo de fortuito nas coisas ínfimas (como o sabor do pão pelas manhãs e a seleção de frutas) e importantes (como as amizades passageiras que formávamos). Não sei se Kesushi me teria elegido confidente em outras circunstâncias. Juntos apreciamos as escamas reluzentes e a delicadeza das nadadeiras translúcidas dos peixes voadores que festejavam o crepúsculo nas águas percorridas pelo veleiro. *Lovely, very lovely,* entusiasmou-se Kesushi. Concordei.

Foi quando o ministro-conselheiro do Japão pediu-me que lhe emprestasse Kesushi. *Naturally, of course.* Partiram. Por uns minutos, permaneci ali, mirando o mar. Espuma se acumulava junto ao casco, amontoando-se por uns instantes. Mas logo se desmanchava, como muitos das questões de ofício, dos contratempos burocráticos. A efemeridade das bolhas de ar é o cerne de certas atribulações. Precisava buscar alguma rodinha de conhecidos na qual penetrar. De preferência, um grupo que permitisse prolongar o estado de leveza que a conversa e a contemplação tinham propiciado. Ah, mas os idílios são sempre efêmeros. Infelizmente muito mais que as recepções.

Ao percorrer o convés com o olhar, avistei de longe o cônsul honorário da Ordem Soberana e Militar de Malta. *The horror!* Tratei logo de fugir. O dito cujo era no mínimo assustador. Usava gravatas roxas, o que lhe dava ares de taumaturgo. Tinha a empáfia e a soberba de uma estátua equestre. Aliás, fazia questão de contar a todos nós que não menos que seis de seus antepassados tinham sido imortalizados em estátuas equestres. Perscrutava os jovens secretários com um olhar de presciência e agouro, como quem vaticinasse, "nunca chegarás a ministro de primeira!". Falava numa linguagem esotérica as maiores abobrinhas (políticas, estéticas, ornitológicas e, mesmo, pluviométricas). Acusava-nos, por exemplo, de haver pisado numa bola proverbial ou de ter comido uma mosca proverbial (estremecíamos em nosso íntimo, que bola, que mosca poderiam ser proverbiais?). Discorria sobre a coeternidade da nobreza do espírito europeu e dos verdadeiros valores da boa diplomacia. Coisas que, insinuava, jamais poderíamos vislumbrar plenamente, por sermos arrivistas no concerto mundial. Um amigo nosso, da Embaixada da China, abria um sorriso quando o melitense se referia ao *velho* mundo.

Enquanto eu procurava escapar do "cavalheiro hospitalário" por corredores e passadiços, rumando finalmente ao tombadilho, começou uma tempestade, que vinha se formando no horizonte fazia uma ou duas horas. Não uma tempestade qualquer, uma tempestade de vulto, melvilleana, shakespeariana, camoniana, homérica, euripidiana mesmo. Os raios se multiplicavam de tantos em tantos segundos. Os trovões faziam titilar as taças de cristal, dispostas sobre os aparadores em conformação estelar. *Awesome, to say the least.* No horizonte, para todos os lados, deparávamos com a arquitetura móvel de ondas imensas que ameaçavam nos levar para profundezas insondáveis. Na luz vacilante do corisco, a fauna marinha, que antes nos parecia tão simpática, ganhava ares assustadores. Havia uma centelha de sarcasmo no sorriso sempiterno dos golfinhos; os dentes afiados dos peixes-espada lhes conferiam ar nada convivial; as escamas das sardinhas reluziam metálicas, como lâminas a cortarem as águas; e os peixes-voadores lançavam-nos olhares antediluvianos, entre cruéis e famintos. *Vile and a bit fishy.*

Pelo menos, de consolação, nos foi oferecido o espetáculo dos tripulantes que recolhiam umas tantas velas, abriam outras e exibiam seus corpos rijos — *superb physique,* era o comentário geral —, ainda mais belos sob efeito da chuva e do exercício. No santuário dedicado a São Nicolau de Mira, cuja hagiografia narra o feito de acalmar tempestades, o núncio apostólico, um irmão leigo e outros convidados de natureza mais pia se revezavam na rezaria. Com as orações, não demorou nada para que o motor de propulsão auxiliar se apagasse. Um curto circuito, efeito da chuva. Num afã heroico, o adido cultural brasileiro — ex-helenista, um mancebo de bigodinho e terno de linho ensopados — desafiou o anfitrião a açoitar, à maneira de Xerxes, o mar que estragava a festa. Estávamos à deriva. O fato foi objeto de anúncio solene, o que, ao menos, evocou temas menos banais nas várias rodas, como histórias de naufrágios e relatos de canibalismo. *A wet affair.* Confesso que, em meu íntimo, o maior terror que experimentei foi ante a possibilidade de passar dias à deriva correndo o risco aterrador de topar com o cônsul honorário de Malta a cada giro pelo convés. *The horror!*

Ao final, o vento amainou, a chuva estiou. Pela manipulação das velas, tomamos rumo ao porto. Desembarcamos com atraso de não mais que vinte e três minutos, às 20:23. *Negligible.* No momento de despedida, vi, pelo rabo dos olhos, um vulto saindo de trás da casa de máquinas. Pressenti tratar-se do cônsul honorário de Malta, que vinha em minha direção. Atropelei a fila de cumprimentos e, *vanishing into the fog,* entrei no torvelinho de sombras e volúpias do bairro portuário. Por onde me perdi. Deliciosamente.

Em vão

O discurso original:

Lorem ipsum dolor sit amet, consectetur adipiscing elit. Sed vel massa sed urna posuere venenatis ac ut dui. Aenean vel libero ut diam aliquet auctor. Maecenas accumsan dolor id interdum mattis. Nullam sit amet auctor lectus. Ut tempus, tortor ut sagittis malesuada, nulla quam gravida elit, nec sagittis dui felis vitae nunc. Pellentesque in ligula et mauris auctor vehicula. Sed dictum elementum enim, nec aliquam sem faucibus a. Morbi varius, ipsum at luctus elementum, lectus lorem dignissim turpis, sit amet eleifend erat neque eu nibh. Class aptent taciti sociosqu ad litora torquent per conubia nostra, per inceptos himenaeos. Duis imperdiet pellentesque metus a eleifend. Mauris libero enim, molestie sed dolor et, convallis pretium nisl.

Maecenas eleifend, nulla sit amet interdum commodo, nibh magna lacinia est, nec euismod felis dolor eu eros. Sed congue eros a dolor aliquet mollis. Pellentesque habitant morbi tristique senectus et netus et malesuada fames ac turpis egestas. Vestibulum vitae aliquet est, id aliquam purus. Ut tristique suscipit leo ut consectetur. Donec a mi vestibulum, ullamcorper diam ut, fermentum est. Mauris auctor risus vitae metus porta tristique. Integer sollicitudin libero magna, vel commodo nulla consectetur ac. Etiam accumsan ac odio sit amet ornare.

Duis fermentum dui eget urna lacinia pulvinar. Donec suscipit lorem risus, vitae dapibus ante ullamcorper eu.

Curabitur vitae tempus orci, ut venenatis sapien. Vestibulum ut pretium nisl. In imperdiet dolor et massa rhoncus, sed dignissim est gravida. Fusce dapibus, felis in ornare consectetur, justo leo posuere nibh, non congue magna sem eu justo. Aenean sollicitudin orci dui, vitae feugiat libero eleifend ut.

Etc. etc. etc. …

Os memorandos, pareceres e despachos:

```
Excelentíssimo Senhor Fulano de Tal,

Elevo à apreciação de Vossa Excelência
minuta de palavras de circunstância a serem
pronunciadas por ocasião da cerimônia de
abertura do VII Congresso sobre Prazer e
Dor.

Respeitosamente,

Sicraninho de Tal
```

Dolorem ipsum, quia dolor sit amet consectetur adipiscit velit, sed quia non numquam [do] eius modi tempora inci[di]dunt, ut labore et dolore magnam aliquam quaerat voluptatem. Ut enim ad minima veniam, quis nostrum exercitationem ullam corporis suscipit laboriosam, nisi ut aliquid ex ea commodi consequatur? Quis autem vel eum iure reprehenderit, qui in ea voluptate velit esse, quam nihil molestiae consequatur, vel illum, qui dolorem eum fugiat, quo voluptas nulla pariatur?

At vero eos et accusamus et iusto odio dignissimos ducimus, qui blanditiis praesentium voluptatum deleniti atque corrupti, quos dolores et quas molestias excepturi sint, obcaecati cupiditate non provident, similique sunt in culpa, qui officia deserunt mollitia animi, id est laborum et dolorum fuga. Et harum quidem rerum facilis est et expedita distinctio. Nam libero tempore, cum soluta nobis est eligendi optio, cumque nihil impedit, quo minus id, quod maxime placeat, facere possimus, omnis voluptas assumenda est, omnis dolor repellendus. Temporibus autem quibusdam et aut officiis debitis aut rerum necessitatibus saepe eveniet, ut et voluptates repudiandae sint et molestiae non recusandae. Itaque earum rerum hic tenetur a sapiente delectus, ut aut reiciendis voluptatibus maiores alias consequatur aut perferendis doloribus asperiores repellat...

Senhor Sicraninho de Tal,

Em atenção às recomendações do revisor técnico deste Gabinete, Senhor Beltrano de Tal, muito agradeceria abreviar a minuta submetida pelo memorando Y, datado de A/B/CC, conforme as sugestões abaixo relacionadas.

Atenciosamente,

Fulano de Tal

Lorem ipsum dolor sit amet, consectetuer adipiscing elit, sed diam nonummy nibh euismod tincidunt ut laoreet dolore magna aliquam erat volutpat. Ut wisi enim ad minim veniam, quis nostrud exerci tation ullamcorper suscipit lobortis nisl ut aliquip ex ea commodo consequat. Duis autem vel eum iriure dolor in hendrerit in vulputate velit esse molestie consequat, vel illum dolore eu feugiat nulla facilisis at vero eros et accumsan et iusto odio dignissim qui blandit praesent luptatum zzril delenit augue duis dolore te feugait nulla facilisi. Typi non habent claritatem insitam; est usus legentis in iis qui facit eorum claritatem. Investigationes demonstraverunt lectores legere me lius quod ii legunt saepius. Claritas est etiam processus dynamicus, qui sequitur mutationem consuetudium lectorum. Mirum est notare quam littera gothica, quam nunc putamus parum claram, anteposuerit litterarum formas humanitatis per seacula quarta decima et quinta decima. Eodem modo typi, qui nunc nobis videntur parum clari, fiant sollemnes in futurum.

Excelentíssimo Senhor Fulano de Tal,

Com referência ao memorando Z, datado de A+1/B/CC, que muito agradeço, consulto sobre a conveniência de se proceder a algumas das modificações nele solicitadas. Em que pesem as ponderações do Senhor Revisor Técnico Beltrano de Tal, a adoção das modificações arroladas resultaria em texto truncado e de difícil compreensão. Permito-me recordar muito respeitosamente que a dita passagem tem sido evocada, com esse fito, desde o século XVI, quando se passou a utilizar, para preencher certos vazios, texto de autoria de Marco Túlio, acerca do bem e do mal, já um pouco estropiado é mister admitir. À luz do exposto, submeto a Vossa Excelência nova minuta.

Respeitosamente,

Sicraninho de Tal

Dolorem ipsum, quia dolor sit amet consectetur adipiscit velit, sed quia non numquam [do] eius modi tempora inci[di]dunt, ut labore et dolore magnam aliquam quaerat voluptatem. Ut enim ad minima veniam, quis nostrum exercitationem ullam corporis suscipit laboriosam, nisi ut aliquid ex ea commodi consequatur? Quis autem vel eum iure reprehenderit, qui in ea voluptate velit esse, quam nihil molestiae consequatur, vel illum, qui dolorem eum fugiat, quo voluptas nulla pariatur?

At vero eos et accusamus et iusto odio dignissimos ducimus, qui blanditiis praesentium voluptatum deleniti atque corrupti, quos dolores et quas molestias excepturi sint, obcaecati cupiditate non provident, similique sunt in culpa, qui officia deserunt mollitia animi, id est laborum et dolorum fuga.

`Senhor Sicraninho de Tal,`

`Em atenção a novas recomendações do revisor técnico deste Gabinete, Senhor Beltrano de Tal, muito agradeceria ajustar a minuta submetida pelo memorando Y+1, datada de A+2/B/CC, conforme texto anexo. Rogo ainda sejam eliminados os rasgos e arroubos retóricos ciceronianos.`

`Atenciosamente,`

`Fulano de Tal`

Lorem ipsum dolor sit amet, consectetur adipisicing elit, sed do eiusmod tempor incididunt ut labore et dolore magna aliqua. Ut enim ad minim veniam, quis nostrud exercitation ullamco laboris nisi ut aliquip ex ea commodo consequat. Duis aute irure dolor in reprehenderit in voluptate velit esse cillum dolore eu fugiat nulla pariatur. Excepteur sint occaecat cupidatat non proident, sunt in culpa qui officia deserunt mollit anim id est laborum.

Excelentíssimo Senhor Fulano de Tal,

Em cumprimento das instruções do memorando Z+1 de A+3/B/CC, elevo à apreciação de Vossa Excelência minuta revisada conforme as recomendações do Revisor Técnico Beltrano de Tal.

Respeitosamente,

Sicraninho de Tal

Dolorem ipsum, quia dolor...

Na franja prismática da burocracia

Visito-as todos os dias. Em casa, a caixa de correio. Na repartição, a carteira de entrada, uma pequena alcova no térreo onde ficam as correspondências dirigidas a cada unidade. Logo que chego ao balcão, espio o escaninho. Está sempre cheio de ofícios, memorandos, notas. Já a caixa de correio, invariavelmente vazia. Cheia de boletos, contas e anúncios, vazia de cartas suas.

Na repartição, o conteúdo das comunicações circula dentro de pastas. Vamos anotando, nas fileiras tabuladas que vêm impressas na frente da pasta, o nome do destinatário, depois de riscar o do anterior na linha acima. Na sucessão de nomes, histórias por contar. Nos dizem algo dos caminhos que fizeram, das pessoas por cujas mãos passaram. Há algo de fortuito no ir e vir das pastas. Algumas dormitaram por anos, esquecidas no fundo de uma pilha. Quando nos chegam, trazem alguns poucos nomes de outras épocas, despertam reminiscências, um interesse momentâneo. Outras estão cheias de nomes familiares, cujo encadeamento denota um vai e vem recente.

Muito cá entre nós, pouco me importa o enredo dos laços tênues entre colegas que trocam minutas em pastas vermelhas e amarelas. Se todas elas e seus documentos importantes me deixam quase indiferente, estremeço quando penso na caixa de correio, na carta que nunca chegou, nas palavras que jamais me escreveu. Adivinho-as. Voltejam madrugada adentro. Roçam e insinuam, essas palavras que você calou. Já não sei se são suas ou minhas. As palavras que esqueceu de me mandar.

O feitiço e a malmaridada

Caía a tarde de sábado. Eu espairecia na varanda, as ondas quebravam dali a um passo. Contemplava a dissolução dos trópicos num copo de gim e tônica. O sol se punha, e os morcegos atravessavam o horizonte. Pensei um bocado nos morcegos, poderiam ser objeto de um bonito poema: asas em patágio, sistema ultrassônico e alma noturna. Comprazia-me no enlevo que me propiciavam os morcegos crepusculares de cada dia. Foi quando o telefone tocou.

Trim trim. Deve ser a gata, imaginei, todo contente enquanto caminhava até o telefone. Trim trim. A noite promete. Trim trim. Só mesmo a gata para me tirar da indolência. Trim trim. Posso chamá-la pra dançar, o que muito provavelmente vai dar em sexo. Trim trim. Preciso arrumar meu quarto. Trim trim. As gatas, sempre tão melindrosas. Trim trim.

Ao chegar à mesinha da sala, qual não foi a minha decepção. Não, não era a gata. O telefone que tocava era o do plantão. Eu era plantonista uma semana em cada quatro. Lembrei a primeira lei do plantão: o telefone do plantão toca invariavelmente no pior momento possível (*i.e.*, no sábado à noite). Respirei fundo e respondi:

— Plantão, Belmiro falando.

— Alô, é do Plantão?

— Sim senhora. Em que posso ajudá-la?

— Quem fala?

— Belmiro.

— Ai, seu Belmiro, você não faz ideia do meu sofrimento. Mudei pra cá faz vinte anos, tenho cinco filhos.

— Qual o nome da senhora?

— Graça, seu Belmiro.

— De quê?

— Graça de Deus.

— Certinho. Mas como posso assisti-la, senhora Graça?

— É que meu marido, Teodoro, está enfeitiçado.

— Enfeitiçado? — não consegui conter o meu espanto. Ocorreu-me a segunda lei do plantão: o plantonista se defrontará com consultas pra lá de insólitas, do que se tira o corolário de que há mais coisas bizarras entre o céu e a terra do que supõe a nossa vã burocracia.

— Sim. Quando nós nos casamos ele era um jovem promissor. Fez faculdade de informática. Logo encontrou um emprego. Mas depois fizeram um trabalho para ele. Um encosto. Essas coisas de vudu, sei lá. Já faz uns anos que largou o emprego. Não faz nada. Só fica em casa, alheio a tudo. Não quer nem saber de mim.

— Muito bem... Quer dizer, nada bem. E a senhora já levou o seu marido num médico ou terapeuta?

— Levei. Os médicos dizem que não tem nada

de errado com ele não. Os exames estão todos ótimos. Então só pode ser feitiçaria, uai. Uma amiga lá da igreja disse pra eu tomar cuidado. Vai ver que alguém enterrou um malefício aqui em casa. Eu estou procurando, ainda não encontrei nada. Mas acho que deve ser isso mesmo.

— Mas senhora Graça, isso é muito grave. Quem poderia fazer uma maldade dessas com seu marido?

— Deve ter sido a minha sogra.

— Sua sogra?!

— Sim, meu anjo, a minha sogra. Moramos numa casa geminada com a dela. E ela é uma mulher muito má. Outro dia até bateu na minha filha mais velha.

— Mas não pode! Coitadinha da sua filha! Tem a lei da palmada. A senhora fez o boletim de ocorrência?

— Fiz não. Tenho medo da minha sogra. A minha concunhada diz que ela é uma vampira. Assim, melhor dizendo, não é que bebe sangue ou tem os dentinhos pra fora, mas é que ela se alimenta das almas da gente. A das Dores, a minha concunhada, foi que me explicou. O senhor já ouviu falar? É por isso que o meu marido está como está.

— Um caso de vampirismo psíquico, ao que parece…

Um instante de silêncio. Matutei sobre a terceira lei do plantão: a repartição não tem poder de polícia, e os agentes não são médicos, curandeiros, psicólogos, sacerdotes, advogados, benzedeiros. No máximo, teleamigos ou travesseiros onde repousar a cabeça para chorar as mágoas momentaneamente. No mais das vezes, as reclamações objeto de consulta devem ser referidas a especialistas e autoridades competentes. O plantonista é tão somente um catalisador, um intermediário. Uma espécie de mediador bendito que navega entre instituições (ou, neste caso, entre dois mundos, um natural, outro sobrenatural). O canal, em suma. Mas qual seria o remédio? Estariam as autoridades competentes preparadas para uma situação assim? Pensei, pensei. Seria um tanto heterodoxo, enquanto funcionário público, aconselhá-la a visitar um mandingueiro. Sim, com todo o respeito à diversidade cultural e tal. Mas tinha que dizer algo. Eis que me veio o lampejo de gênio.

— Entendo. A senhora já pensou em procurar o Tribunal da Feitiçaria?

— Tribunal da Feitiçaria?

— Isso. Não ouviu falar? Até apareceu recentemente numa extensa reportagem do jornal sobre esses protestos contra sacrifícios humanos que convulsionaram a capital nas últimas semanas.

— Mas, criatura, como é que vou recorrer a esse tal de Tribunal da Feitiçaria se careço de provas?

— Isso é lá com eles.

— Bom, então tá. O jeito vai ser ir lá nesse tal de Tribunal da Feitiçaria, né?

— Posso ajudá-la em algo mais?

— Estou aqui tão sozinha... Será que o doutor Belmiro não poderia vir me fazer uma visita?

— Uma visita domiciliar?

— Sim, pra ver a menina. Meu marido está dormindo. Dorme o dia inteirinho. Não acorda por nada.

— Entendi.

— Assei umas empadinhas agora à tarde. Tem uma cervejinha gelando.

— Olha, senhora Graça de Deus, visita domiciliar sábado à noite, só em caso de vida ou morte. Mas anotei seu número. Na segunda, converso com o Setor de Assistência Sobrenatural para marcarem uma visita no mais tardar na semana que vem.

— Mas o senhor é que vai vir, né?

— Na verdade, não. Estou no Setor de Escadas e Corredores, geralmente são as minhas colegas Socorro e Auxiliadora que fazem as visitas.

— Ah, mas gostei tanto do senhor, tem uma voz assim que me faz sentir tão bem.

— Bom, vou tentar acompanhar as colegas.

— Então tá. Muito obrigada, seu Belmiro.

— Não há de quê, dona Graça. Falamos na próxima semana. E tomara que tudo fique bem, com a graça de deus.

— Graça de Deus? Euzinha aqui! Um beijo, Belmiro.

— Um abraço, dona Graça.

Caso resolvido. Noite de sábado salva. Reuni coragem para discar o número da gata. Combinamos de ir dançar. Arrumei o quarto. (Tão melindrosas as gatas.) Fiz uma mandinga forte que aprendi na feira. Que o telefone de plantão não voltasse a tocar. Ao menos não naquela noite que tanto prometia.

8:15

Tomo o elevador no sétimo andar, às 9:10, e desço no segundo, às 3:00, marcadas no relógio da parede. Da tarde ou da madrugada?, inquiro. Os ponteiros calam. Ao flanar pelos corredores circulares do anexo redondo, os relógios indicam que se passaram várias horas no lapso de minutos. À primeira vez que observei a divergência entre as horas nos diferentes relógios, pensei que marcavam fusos horários. Mas não. Os minutos não passam com o correr do dia.

Se o tempo ficou suspenso neste órgão, não foi num momento preciso. Na biblioteca é sempre 15:31. Na escada do quarto andar, 10:23. No primeiro subsolo, os minutos parecem ter-se atropelado no relógio de palhetas: são 12 horas mas, na janela dos minutos, entreveem-se vários números por trás de um 22 troncho. Será a eternidade que se vive em cada instante, ou o instante em que se vive a eternidade, no paradoxo poético de Gide? Esta eternidade é mais banal, diria. Em cada parede, em cada corredor, os relógios remetem a um ponto num passado indefinido em que baterias ou pilhas que faziam rodar engrenagens ocultas esgotaram-se, em que um fio elétrico rompeu-se, e o mecanismo deixou de girar as palhetas com números em intervalos precisos, um ponto em que alguém parou de dar corda numa dessas relíquias da repartição.

Ao contrário de algumas pessoas, não me aborreço com os relógios desencontrados. Geralmente me fazem meditar sobre o tempo, sobre o abandono, sobre conhecimentos morredouros. Alguma vez, me ocorreu a história de um hipotético relojoeiro concursado que se aposentou depois de décadas de cuidados com dezenas de relógios que marcavam o correr das horas. Em dias em que me deixei levar pela pretensão, cheguei a formular algumas considerações sobre a ilusão da constância do tempo.

Há ocasiões em que os relógios parados me remetem a dois momentos os mais dolorosos da temporalidade humana. A esses pensamentos, sucede intervalo em que fico ensimesmada. Não os rejeito, esses pensamentos e sua tristeza. É preciso lembrar. Dois instantes em que colidiram tantos séculos, em que o mal ganhou a forma definitiva de nuvem. Sobre o que ocorreu, certo físico citou um verso do Bhagavad-Gita, que assim verteu: "a morte sou, destruidora de mundos". Há quem diga que o verso traduz-se melhor assim: "o tempo sou, destruidor de mundos". Nada sei de sânscrito. Cotejei diferentes traduções, os versos imediatamente seguintes continuam mais ou menos deste jeito: "vim destruir todos os seres; todos aqui presentes perecerão".

8:15. Em Hiroshima, em 6 de agosto de 1945, dentro de certo raio do marco zero da explosão da bomba, os relógios pararam todos às 8:15 (com pequena margem para aqueles instrumentos atrasados ou adiantados), da manhã. Os vidros circulares, quadrados ou retangulares espatifaram ou se liquefizeram. Li que um relógio de pulso prateado ficou sem os ponteiros, pulverizados pela explosão. Nele, só se divisam as sombras dos ponteiros apontando para o oito e para o três, sombras gravadas para sempre sobre a face parcialmente derretida.

Passados três dias duas horas e quarenta e sete minutos, os relógios pararam às 11:02, também da manhã, em 9 de agosto de 1945, em Nagasaki. Em cada um deles, o mecanismo delicado de engrenagens com rubis ou quartzos deixou de funcionar. As pessoas que davam corda nesses relógios, muitas deixaram de ser. Algumas obliteraram-se, vaporizaram-se, deixando sombras delineadas por radiação térmica em escadarias, na entrada de um banco, nas ruas, sobre pontes, num templo, em paredes expostas. Corpos omitidos, nas palavras de um estudioso. Outras (algumas das quais sequer nascidas, outras sequer concebidas) morreram depois de horas, dias, semanas, meses, anos de sofrimento indizível.

É preciso lembrar.

8:15.

11:02.

Vou lembrando pelos corredores e escadas, rumo à divisão. Mal noto as pessoas conhecidas que atravessam o meu caminho. Os pequenos acenos, a aquiescência do olhar, o ligeiro sorriso, o cumprimento mínimo saem sem esforço, pelo hábito.

O conhecido desconhecido

A cada vez que nos esbarramos, sinto certa comoção. É que você me parece vagamente familiar, mas não consigo situá-lo em parte alguma dos cômodos, corredores e alcovas do sobradinho da minha memória. Talvez se trate meramente de uma semelhança inapreensível com outrem. Talvez não. Em busca de uma pista, fixo suas feições, seus gestos, suas expressões. Não encontro nenhuma resposta, nenhum sinal. Sou meio míope, registre-se, o que não deve ajudar.

Esboço um meio sorriso ao avistá-lo, para não fazer desfeita. E você costuma me oferecer igualmente um sorriso, um ligeiro aceno. A sua deferência, a sua gentileza me lançam em estado de maior confusão. Talvez você se recorde claramente de quando nos conhecemos. Enquanto eu, por mais que puxe o fio da reminiscência, não.

Possível que tenhamos nos esbarrado em alguma reunião nos tempos em que estava no Departamento de Miríades de Assuntos. Ou na época em que era subchefe da Divisão de Temas Menores. Mas acho que me lembraria.

Será que o conheço de outros tempos? Por terceiros? Dos almoços na biblioteca? De alguma noite de bebedeira? De outras encarnações? Ou tão somente dos corredores?

Troço

Absorto no infinito, o convidado extensivo pensava. Se ela chegar a embaixadora, serei eu embaixatroz? O Caldas Aulete não registrava o vocábulo. Embaixatroço, pensava ele com os botões do seu terno de naftalina.

O maço de Belzebu

Consta dos anais do Ministério a história de Belzebu. Outro dia, dei uma vista d'olhos no maço antológico ou, melhor, demonológico. Belzebu era uma celebridade regional. Era o primeiro entre seus pares. Alguns desconfiavam que tinha feito o pacto. Era tão bom que foi convidado a participar de uma feira internacional. No ministério, ficaram em dúvida se seria o caso de apoiar a sua participação. Por um lado, Belzebu era um campeão, a sua presença na dita feira contribuiria para a promoção da imagem do país. Por outro, embora houvesse crédito para a missão especial, não havia rubrica orçamentária em que inserir as despesas com Belzebu, e seria complicado prestar contas. Decidiu-se então pedir o apoio do Ministério da Defesa, que se sensibilizou, reconhecendo a importância do evento em que Belzebu ia participar. Conseguiram comissionar um voo da Força Aérea para levá-lo ao estrangeiro. Partiram na noite de uma sexta-feira. Belzebu foi acompanhado de especialistas, inclusive zoólogo pós-doutor. É que Belzebu, como a leitora talvez já tenha deduzido, era um ruminante de olhar langoroso. Um belo exemplar da raça nelore, da espécie zebu, com registro genealógico venerável e provas zootécnicas perfeitas. Daí seu nome.

Antes de prosseguirmos com esta história, merece alguns parágrafos o zoólogo, consultor tão especial nos quadros do Ministério. Não posso revelar seu nome, digamos que se chamava Vacarias. Pois bem, Vacarias era um grande estudioso das carpas do lago do Itamaraty. Conhecia de cor e salteado as características de cada espécimen que deslizava pelas águas turvas sob os nenúfares. Dava-lhes nomes carinhosos, alusivos às eminências da casa. Sua história com o órgão havia começado nos anos sessenta, quando fez uma expedição ao Rio de Janeiro a fim de estudar os cisnes, brancos e negros, do velho palácio. Foi ele quem descobriu, nas lidas com o amoroso casal de cisnes Romeu e Julieta, que Romeu deveria chamar-se, na verdade, Romeia. Publicou, à época, ainda, um artigo controverso (de muito mau gosto, convenhamos), que teve certa notoriedade, sobre o convívio cordial entre os cisnes brancos e negros. Naqueles tempos em que as teorias lusotropicalista e de democracia racial estavam em seu auge, o artigo rendeu polêmica que durou anos nos periódicos especializados. Nas décadas seguintes, enriqueceu a sua obra sobre a fauna do Itamaraty (que compreende mais aves raras).

Vacarias se notabilizou também pela sua tese de livre-docência sobre a diplomacia dos pandas da República Popular da China. Fez um apanhado histórico, que voltava à dinastia Tang, sobre o emprego do instrumento fofo, em diplomacia, para estreitar as relações com países amigos (parece que numa tradução de um seu artigo empregou-se pela primeira vez a expressão "*twee power*" na literatura atinente). Segundo o zoólogo, além de gestos cheios de simbolismo, as doações de ursos orientais ensejavam registro fotográfico adorável de chefes de estado com os filhotes, que tinham forte repercussão nos meios de comunicação.

Vacarias concedeu, em seus escritos, que o gesto gracioso nem sempre era exitoso. Por vezes, explicitava tensões. Alguns países asiáticos ficavam ressabiados com o presente e tratavam de deixar claro que suas divergências com os vizinhos chineses não se dissolveriam em ternura pelos ursinhos. Outros esquivavam de enfrentamentos mais explícitos, alegando, em suas recusas a receber o presente oficial, que se tratava de uma espécie ameaçada de extinção, e que seus países não apresentavam habitats adequados para abrigar os exilados de orelhas negras, engraçadinhos e comedores de bambu. Em passos anedóticos, Vacarias recuperou o caso de um imbróglio aduaneiro, que obrigou as autoridades chinesas a declarar um airoso casalzinho de pandas uma "variedade de remédio herbáceo tradicional".

Inspirado pela diplomacia do panda, Vacarias propôs, em sua obra de maior envergadura, que o Brasil adotasse algo em linhas semelhantes, a diplomacia da arara. A ideia lhe ocorreu quando seus bons ofícios foram solicitados por ocasião da visita do príncipe herdeiro. Sua alteza fazia questão de uma fotografia oficial com a presença de um par de araras (azul e vermelha, para evocar as cores alusivas ao reino), pousadas assim, como que por acaso, no galho da árvore sob a qual se encontraria com o vice-mandatário. Foi fácil achar as aves, o diabo foi fazê-las quietar no galho para a foto. Vacarias teve de sofrer bicadas e lançar mão de artifícios mil, inclusive cola superbond (teria sido melhor usar uma corrente ou uma corda, mas o chefe do cerimonial alegou que isso tiraria o ar de naturalidade da foto e que provocaria, além do mais, a ira dos ambientalistas). Uma vez fixadas no galho, havia ainda a preocupação de que as aves lançassem uma pátina de titica no ilustre visitante e no senhor vice-presidente. Na ocasião, alguém da Divisão dos ex-Impérios contemporizou que, na poesia dos celtas, receber excremento de aves na cabeça era considerado evento dos mais auspiciosos. Mas até onde sei as relações bilaterais não foram conspurcadas pela incontinência das araras. Divago. Voltemos a Belzebu.

O belo touro embarcou todo todo, como se soubesse que tinha sido escolhido entre milhões de outros bois para representar o país na feira agropecuária. O avião alçou voo, estava a delegação já acomodada, cada qual em seu lugar, se ajeitando para a viagem longa. O problema é que Belzebu não estava acostumado a voar. Sofria de claustrofobia e irritava-se com o ruído dos motores. Foi ficando mais e mais inquieto. Depois de umas três horas de voo, quando sobrevoavam o norte do Amazonas, teve um acesso de loucura. Parecia cego. Libertou-se das amarras. Jogava-se contra as paredes da aeronave. Fazia jus ao nome. Parecia o diá, o bicho-preto, o grão-tinhoso, o que-diga, o maligno, o coisa-à-toa, o lá-de-baixo, o sem-gracejos, o pé-preto, o próprio. Ou talvez estivesse mais para um boi-bombá. Atacava a delegação com seus chifres curvilíneos. Uns se esconderam na cabine do piloto, outros no banheiro, outros debaixo dos assentos. Belzebu continuava a investir violentamente contra tudo e todos à sua frente. Era a manifestação da ira atávica de sua espécie. Os calmantes que tentavam aplicar não faziam nem cócegas. Lançava-se cheio de cólera. Diacho, ameaçava a estabilidade da aeronave.

Provido de paraquedas, Belzebu caía suavemente pelos ares. Graças a Vacarias, que, com seu grande amor pelos animais e compromisso com os seus direitos (apesar do episódio das araras), conseguiu convencer o capitão de que seria melhor equipar Belzebu com um paraquedas automático, para protegê-lo em sua descida. Os ventos faziam com que se deslocasse apenas momentaneamente da trajetória rumo à terra. Nunca falha a força da gravidade. O nelore era agora exemplo de calma bovina, não relutava contra as cordas ou contra os estranhos movimentos do destino, não sei se por conta dos tranquilizantes que conseguiram injetar ou se pelos efeitos da contemplação dos céus, dos rios, do verde da floresta, das revoadas de pássaros, do horizonte.

Belzebu desceu assim flutuando até a selva amazônica. Nunca mais houve notícia certa dele. Mas há rumores, entre os antropólogos, de um boi voador venerado em um vilarejo Ianomâmi na região ao leste da Cabeça do Cachorro. O terceiro secretário que acompanhava a missão, que se tinha por mui espirituoso, incumbiu-se de dizer algumas palavras derradeiras em homenagem a Belzebu. Em seu panegírico, afirmou, emocionado, que o bovino deveria entrar para a história como Zeuszebu, haja vista o seu voo inaudito pelos céus e as conhecidas metamorfoses zoomórficas do referido deus olímpico, que, muita vez, se fez passar por um lindo boi. O trocadilho provocou uma dorzinha nos presentes. Em alguns casos a dorzinha descambou num baita piriri.

N.B. Segundo fontes fidedignas (o Embaixador Pirrônico), a história é verdadeira. A das araras, idem. Descontados alguns floreios, naturalmente.

Vinte mil sóis

Debruço-me sobre os certificados sanitários dos produtos de exportação. É um momento diário de horror na minha vida de servidora pública. Só assim que tomei conhecimento de certos capítulos necrológicos da nossa pauta comercial especista. Na rubrica de carnes e subprodutos, exportamos pintos de um dia, ovos férteis, plasma suíno, sêmen equino e bubalino, cartilagem de jacaré, soro fetal, pó de sangue e de entranhas, estômago congelado bovino, óleo de aves, farinha de ossos e penas, gordura de diferentes espécies, embriões ovinos, mucosa intestinal, cálculos biliares, peles secas, material genético caprino, gelatina de pele bovina, hemoglobina equídea, vísceras recicladas.

Verdade que nem sempre os certificados sanitários guardam obituários zoológicos. De raro em raro, deparo com peças de delicadeza ímpar, quase *ready-mades* literários, como um parecer técnico para a análise de risco de praga para a exportação, para Lima, de orquídeas *in vitro,* recebido da Divisão de Promoção de Epífitas do Departamento de Sanidade Vegetal da Secretaria de Defesa Curviflora. Foi encomendado ao Laboratório de Cultivo Rarifloro, que fica numa cidadezinha cálida e pluviosa chamada Aiáis. Gosto de relê-lo de tempos em tempos.

Nele, aprendi um tantinho sobre a micropropagação de plântulas de orquídeas em ampolas de vidro, operação sutil conduzida em salas de inoculação e subcultura. A temperatura amena e a boa luminosidade, com períodos sombreados, são condições necessárias para a indução do botão floral. As floradas, naturais e induzidas, se dão em ciclos tardios, medianos e precoces, a depender do maior ou menor acúmulo de horas frias. As recomendações para o trato cultural incluem aplicação de micro-organismos eficientes, lavagens e subministros com compostos etéreos. Preveem-se condução e tutoria da maioria das variedades, especialmente quando da colheita. Com relação à rega, recomenda-se pejar água até transbordar. A seleção de plantas matriz deve ser rigorosa no tocante à flor (cor, uniformidade, duração, posição) e à planta (rusticidade, vigor). Observa o parecer que a propagação por semente em laboratório é recomendável somente para obtenção de material vegetativo diferente, pois há muita segregação, o que quer que isso seja. Ao cortar os paus, cabe deixar cerca de 1 ou 2 nós. *Ex vitro,* há que atentar para as pragas chave, ocasionais e potenciais, que afetam as raízes e provocavam fumagina e manchas foliares, como os fungos, entre perfeitos e imperfeito, coleópteros, lesmas, caracóis, pulgões e o ácaro rajado. O ácaro rajado é uma praga cosmopolita. Quanto aos valores estimados, indica-se que 7000 plantas alcançariam 20 mil sóis.

Chegou esta manhã outro desses pedidos de um quase lirismo comercial. Recebemos uma autorização de importação temporária de pombos-correio para participar do Derby Ibero-Latino-Americano de Columbofilia. O documento leva-me a passear o pensamento por ruas romanescas oitocentistas. Mas, entre os requisitos zoossanitários provisórios para a importação das aves — devidamente aprovados pela Divisão de Biodiversidade do Ministério de Ambiente, Água e Transição Ecológica —, consta que os pombos não poderão ser liberados no meio natural e que, concluído o evento, deverão deixar o país. A recomendação me arranca do século XIX trazendo-me de volta ao XXI. Vou buscar o cafezinho.

Nos dias de hoje, até mesmo os pombos-correio estão ameaçados de deportação sumária quando se encontram indocumentados num país que não é o seu. Sinto na garganta o travo do café licitado.

O gozo da Santa

Acheguei-me à janela. O cerco ao Escritório Comercial já durava três dias. Era um protesto promovido por um coletivo anarco-originário-feminista. Mais uma instância das microrrebeliões quotidianas naquela capital aguerrida. Verdade que as mulheres estamos mais que cansadas das concessões simuladas, dos gestos inócuos de tutela e deferência, do cripto-patriarcalismo. De modo que, ao contrário da maior parte dos meus colegas, movia-me uma simpatia pelo coletivo. Naquela tarde, era uma barulheira só. As mulheres faziam uma tremenda barricada. Tinham trazido uma retroescavadeira para demolir a estátua de um dos homens fortes da ditadura, que torturara muitas mulheres da resistência. A estátua, segundo bradavam, era um ícone de falocentrismo na cidade. Estava justamente na pracinha em frente ao Escritório (rebatizada de Praça das Vadias). Daí este meu testemunho de primeira mão.

As manifestantes vestiam trajes ensanguentados com o sangue das vítimas dos negócios capitalistas. Carregavam nas mãos buquês de amores-perfeitos, verônicas e perpétuas, encenação irônica das ilusões gênero-normativas que violam sistematicamente a dignidade das mulheres. Entre elas, havia prostitutas vestidas de freiras grávidas que ecoavam um libelo libertino, "O gozo da Santa", contra a moral dúplice, e propunham emendas no texto do pentateuco. Muitas das páginas eram sumariamente rasgadas e eliminadas. Um receptáculo com ares litúrgicos coletava lágrimas das mulheres que protestavam, com as quais os transeuntes eram aspergidos durante o ato continuado de bendição licenciosa.

Um grupo de colegiais góticas somou-se ao cerco. Disseram-se antissenhoritas. Protestavam contra a "bonequitude" das campanhas publicitárias promovidas pelo grande capital. Seus cartazes tinham dizeres contra a violência midiática e a reificação das meninas e das mulheres. Um folheto que distribuíam explicava ser o ato de pensar essencialmente feminino e que o uso de moças como objeto em propagandas era uma maneira de suprimir-lhes a palavra e o pensamento, infamando a subjetividade de todo o gênero. O protesto culminou num ato de imolação de bonecas, seguido de oferendas coletivas a Lilith — espécie de demônio noturno feminino, mãe de cem filhos, entre súcubos e íncubos — para que propiciasse a ginecocracia.

Uns ambulantes se aproveitavam do momento. Vendiam docinhos rubros, em formato de útero e vagina, e refresco de morango, vermelho, delicioso, saudável e anti-imperialista! Um menino distribuía folhetos sobre curso de artes marciais exclusivo para mulheres. Uma artista intransigente de vanguarda, conhecida no *demi-monde* da cidade, construiu ali mesmo um monumento de repúdio ao feminicídio com o que dizia ser sangue menstrual coagulado, que teria sido coletado anos a fio.

A chefe do escritório, que era mulher, ensaiou negociar a suspensão do cerco apelando para os laços de sororidade. Mas sua empresa fracassou e ainda provocou fortes críticas. Estava usurpando a voz das mulheres. Clamou-se a favor de ações para resgatar tecnocratas desavisadas como aquela do estado de perdição e complacência em que se tinham acomodado. Que a chefe do Escritório Comercial se despisse de suas insígnias. Era uma cúmplice do fundamentalismo patriarcal, do proxenetismo oficial e da institucionalidade misógina. O espaço de poder e conforto que ocupava, como membro da burocracia governante, roçava com a miséria da maior parte das mulheres. Não, desta vez, não. Não conseguiriam invisibilizar a luta. O cerco só começava.

E eu assistia a tudo da janela, sem poder me somar.

Léxico notarial surrealista

Atestado de órbita — para os que foram desta para uma órbita melhor.

Equitação eleitoral — certificado emitido para eleitores que praticam a modalidade desportiva equestre.

Órgão emissor: feminino — li isso num formulário e até hoje estou perplexa.

Textamento — um pleonasmo, já que em nossa cultura cartorial os testamentos hão de ser escritos.

(Impre)visto — quando o viajante se lembra tardiamente da exigência de que um visto seja apensado a seu passaporte para que ingresse em determinado país.

(Im)pressão digital — requisito para os documentos de identidade do requerente hipertenso.

Ato notório — lavrado tão só para os nacionais insignes.

Regime matrimonial de bem — exige-se atestado que comprove que os nubentes sejam cidadãos de bem.

Exacerbações — averbações realizadas em documentos de declarantes exacerbados.

Protesto marítimo — medida acautelatória e/ou manifestação na praia.

Sálvias de tiros — homenagem de natureza hortaliça às autoridades civis e militares:

I Presidente da República — vinte e um molhos de sálvia;

II Vice-Presidente da República — dezenove molhos de sálvia;

III Presidente do Congresso Nacional — dezenove molhos de sálvia;

IV Presidente do Supremo Tribunal Federal — dezenove molhos de sálvia;

V Presidente do Senado Federal — dezenove molhos de sálvia;

VI Presidente da Câmara dos Deputados — dezenove molhos de sálvia;

VII Ministro de Estado — dezenove molhos de sálvia;

VIII Comandante do Exército — dezenove molhos de sálvia;

IX Comandante da Aeronáutica — dezenove molhos de sálvia;

X Comandante da Marinha — dezenove molhos de sálvia;

XI Governador de Unidade da Federação — dezenove molhos de sálvia;

XII Embaixador do Brasil — dezenove molhos de sálvia;

XIII Presidente do Superior Tribunal Militar — dezessete molhos de sálvia;

XIV Encarregado de Negócios do Brasil — treze molhos de sálvia e

XV Cônsul-Geral do Brasil — onze molhos de sálvia.

Autorização de retorno ao Brasil — N.B., trata-se de autorização de retorno ao Brasil, espantosamente não permite ao titular seguir viagem a terceiros ou quartos países.

Certidão de nascimento — momento elegíaco-notarial — mesmo a pequena registrada como Maria Eterna há de, um dia, cedo ou tarde, ter seu nome impresso num atestado de órbita.

O adicional de periculosidade

Era uma divisão insuspeita do Departamento Cultural. Tinha, como principal atribuição, a de promover a língua portuguesa. Por mais que os zelos linguísticos por vezes sejam objetos de acaloradas contendas, levando, em alguns casos, a inimizades e disputas, não se pode dizer que o ofício de promover a variante brasileira da língua portuguesa apresente riscos à vida. Que apresente riscos sequer. A divisão nem mesmo estava entre aquelas que faziam jus ao adicional de periculosidade. E, contudo, ao longo do último ano, coisas estranhas, assaz estranhas, vinham acontecendo por lá.

Tão estranhas que haviam decidido por bem instaurar uma comissão de inquérito. Ao ler o relatório que recomendava as investigações, ia eu tomando conhecimento de circunstâncias atípicas que haviam se tornado rotineiras naquela divisão: funcionários de reputação irreprochável que davam para faltar sem justificativa; quantidade de licenças para tratamento de saúde muito acima da média; múltiplos pedidos de transferência ou remoção; consumo exagerado de papel ofício, resmas e mais resmas semanalmente. Talvez o cético leitor dispense essa conjunção de fatos como contingências da vida funcional. Que o rendimento de algumas entidades da esfera pública deixe a desejar não provoca espanto. Mesmo as repartições exemplares passam por períodos de certa letargia, digamos. Mas uma baixa recente na divisão, inexplicável para não dizer suspeitíssima, colocava o problema para além de uma rotina burocrática pouco azeitada.

A comissão éramos a subchefe da Divisão do Mar, da Antártida e do Espaço Sideral, o assistente da Coordenação-Geral de Ilícitos de Toda Sorte e euzinha, diretora do Departamento do Pessoal. Depois de nos reunirmos e revisarmos os autos do processo administrativo, coincidimos sobre o melhor curso de ação: uma visita à dita divisão. Seguimos pelos corredores a passos largos.

Estava instalada em uma sala iluminada do terceiro andar. Tinha uma bela vista para um céu onde corriam nuvenzinhas fofas e rosadas. De uma palmeira pertinho, um bem-te-vi trinava alegre. Nada ali remetia aos acontecimentos sinistros. Mas é sempre assim. À primeira vista, a iniquidade se camufla muito bem com roupagens do quotidiano. E foi aí que me dei conta de que o silêncio naquelas baias era inusitado para uma manhã de quarta-feira. Percorremos a sala e, para nosso espanto, estava quase vazia no meio do expediente de trabalho.

Na extremidade norte, encontramos um solitário ocupante, que nos informou ser o assistente da divisão, seu nome, Ângelo Barro Coelho. Tomamos nota. Cabelos revoltos e calças pega-frango ou pesca-siri ou apanha-marreco, cada qual anotou mentalmente, em seu registro regional. Como presidente da Comissão, perguntei se aceitaria conversar sobre os ocorridos nos últimos meses.

— Muito me obsequiaria, em sendo possível. Com suma complacência, atendo ao pedido de Vossas Senhorias, perdão, de Vossas Grandes Celsitudes. Proponho-me prestar depoimento lídimo, entretecendo comentários oportunos em resposta a esta elevada inquirição. Voluntario que prezo sobremaneira a palavra verbal. Outrossim... — respondeu-nos com uma expressão de inocência primeva. Trocamos um olhar de ciência. O assistente dos Ilícitos de Toda Sorte levantou uma sobrancelha. A subchefe do Mar etc. soçobrou em ondas de tosse. Esperei que o acesso passasse, e conduzimos o jovenzinho de gravata curta, emissor contumaz de palavras verbais à minha sala, sede temporária dos trabalhos. No caminho, solicitou-nos comedidamente, a vênia de permitir uma missão eventual à sala de banho a fim de cumprir com extemporâneo anseio vital, deixando registrado que se valeria do uso salutar do lavatório por intervalo cronometrado de vinte segundos para aniquilar seres ínfimos deveras nefandos que proliferam em todas as superfícies e mesmo nos ares. A formulação do pedido foi tão extravagante que, atônitos, lho permitimos, indicando a sala à qual deveria comparecer. Assistimos, pasmos, aos seus avanços, sob o lábaro da necessidade premente, ao atravessar o rubicão dos mexeriqueiros que soem apinhar pelos corredores, sempre nas palavras grandíloquas, altíssonas, florescentes, fabulosas e mesmo singelas do menino.

Depois ficamos cismados. Que inconsequência, quanta leniência! O funcionário Barro Coelho poderia vir a se subtrair da entrevista. Já o contávamos como fugitivo; seu paradeiro permaneceria incerto (se bem que seu maço pessoal provavelmente tinha informações sobre sua residência e números de contato). Mas não. Passados uns poucos minutos, chegou a um passinho ligeiro, serelepe mesmo. Encontrou-nos num silêncio ainda pasmo. Explicamos mais detalhadamente o fito daquele inquérito e pedimos que fosse veraz em suas respostas. Ele assegurou-nos de que, em que pese estar a verdade sita no fundo abissal de um poço, sopesaria bem o teor de suas respostas e comentários, de forma a fazer deles a expressão mais coincidente com a verdade, aduzindo ser um sequaz do gigante Immanuel Kant, cujo categórico imperativo estabelece a lei universal de se ter como critério prescritivo para cada ação o dever ético-moral-normativo de tratar a todos como um fim em si, nunca como meio para outros fins. Outrossim...

Muito bem, muito bem. Demos início à entrevista.

— Há quanto tempo o senhor está lotado na Divisão de Glorificação do Vernáculo?

— Fui brindado com a oportunidade incomparável de preencher um claro de lotação na egrégia Divisão há um ano. Permito-me informá-los que, nas quatro estações desse intervalo temporal, que coincide com o ciclo apolíneo, compareci todos os dias, inequivocamente, cumprindo de maneira cabal o horário estabelecido de oito horas diárias, com pausas para o almoço e o cafezinho, às douze e às dezassete mais precisamente. Outrossim, ao brindar-me vossa confiança, ao conceder-ma...

Um ano, e de frequência inequívoca. Justo o período que nos interessava. Algo me dizia que as moiras, o destino, o fado, a Pachamama, o além, alguma divindade benfazeja, São Longuinho, a substância, a racionalidade do Espírito externalizado na burocracia de Estado haviam nos permitido topar com aquele rapaz de semblante sincero e palavras maneiristas.

— E quais tarefas o senhor desempenha?

— Muito agradeço o vosso interesse por minha pessoa humana e subjetiva no contexto sublime de minha empresa na magnífica Divisão de Glorificação do Vernáculo. Outrossim, ressalto que sempre realizo minhas tarefas com a maior presteza e com um juízo que julgo ser o mais discernido possível. Mais especificamente, no limitado escopo de minha atuação, desempenho uma série de tarefas de suma importância e do mais elevado interesse para o bom desenrolar do serviço em prol da promoção da antepenúltima flor do Lácio, a saber, a língua brasileira. Ademais sou elo de ligação administrativa nada trivial com outras divisões. Destarte, em sendo possível, poder-me-ia estender no arrolar das atividades excelsas, miríficas, piramidais desta entidade pública. Outrossim, afigurar-se-me-ia...

— Por favor, teria algum exemplo mais substancial?

— Ultimamente estamos na premência da organização urgente e tempestiva de um ínclito curso de português para estrangeiros, e aquelas pessoas consignadas na sua titularidade rogaram que ajudasse nos preparativos. Sua cuja ministração será na Capadócia. *Id est,* na Beócia. Estou arrecadando opiniões dos partícipes de outras edições do preclaro curso a fim de coletá-las e colimá-las para a apreciação da chefia, com o fito de efetivar hábito rotineiro de apreciação dos trabalhos outrora efetuados. Esse *corpus* subsidiará a formulação de estratégias a serem adotadas na edição vindoura. Envio missivas epistolares com solicitação de respostas dirigidas ao signatário. Saliento que, por bem da verdade, as opiniões são recolhidas e analisadas de forma anônima, sem exceção, e delas deduzem-se nexos desassociativos. Outrossim...

Foi então que perdemos o primeiro membro da comissão. A subchefe do Espaço etc. teve uma crise de movimentos involuntários do diafragma. Soltava sons estranhos, entremeados por soluços. Suas faces foram adquirindo uma cor rutilante. Em meio a essa crise, não tínhamos como continuar. Ela perdia o fôlego. Recomendei que a subchefe da Antártida etc. visitasse a enfermaria. Seguiríamos sem ela.

— Não seria de bom e judicioso alvitre, salvo melhor juízo, alguém acompanhar Vossa Estelaridade, subchefe do Espaço Sideral, aos serviços salutares de atendimento médico, vulgo enfermaria? — aventou o Barro Coelho, com o olhar mais cândido imaginável. O acesso de movimentos espasmódicos intensificou-se.

Apesar de grandiloquente, o menino era ajuizado. Pedi efetivamente que meu assessor a acompanhasse. E foi sua salvação. O médico plantonista levou tempos para estabilizá-la, e a crise declanchou um pequeno enfarto pulmonar. Nada que ameaçasse sua vida. Mas precisou de uma semana de afastamento para se recuperar. Veja, leitor, como é estranho este mundo. Depois viemos a saber, que o chefe da Divisão de Glorificação havia sido afastado por complicações de um enfarto pulmonar. Mistérios. Pois bem, desconcertados, voltamos à entrevista.

— Nesse período, o senhor teria por acaso observado algo de estranho na Divisão, algo fora do comum, que tenha chamado sua atenção?

— (Outro)ssim. Afora certa morosidade na realização de atividades de premência urgente, parece-me tudo correr nos conformes. Eu, quando mas passam — senti uma pontada no estômago — ou sugerem, busco diligenciá-las pronta e aplicadamente. Ocorre-me, ainda, referir-lhes a Vossas Altanerias certos contornos florentinos nos embates fratricidas, fissuras na outrora monolítica Divisão. Essas impressões não exaurem, lógica e naturalmente, todas aquelas possíveis sobre a referida divina Divisão — elucubrava o funcionário.

Lógica e naturalmente, naturalmente. Sua Pomposidade Barro Coelho hesitava. Escondia algo? Tinha escrúpulos em falar mal dos colegas com os quais trabalhava? Ou será que procurava um arcaísmo ou preciosismo com o qual nos regalar, nos galardoar?

Pensava sobre isso e outras coisas quando o assistente de Ilícitos de Pouca Sorte que, tenho que conceder, já há alguns minutos não parecia muito bem, valeu-se de um artifício baixo: encenou uma ligação urgente, uma dessas pseudochamadas providenciais, para se eclipsar daquele depoimento. Saiu correndo em direção ao banheiro feminino. Pedi à minha segunda assessora que verificasse se não tinha ocorrido nada de mais sério. Mas ele havia dado no pé.

Com as recentes posto que temporárias baixas, achei, como presidente, que seria de bom e judicioso alvitre interromper o depoimento até que a comissão pudesse ser restabelecida em sua plenitude. Confesso que contribuiu com essa decisão um temor irracional. É que os efeitos daquela entrevista em meus colegas tinham me assustado. Sobreveio-me uma tontura. Demorei um tantinho a entender o que me provocava o mal-estar súbito. Aí me dei conta. Tomei nota dos contatos do nosso funcionário barroco e dispensei-o. Ele ofereceu-me renovados votos de estima e consideração. Outrossim, outrossim.

A hidra de Lerna

O parecer do técnico de informática era final. Em linguagem curta e bruta, dizia que só mesmo trocando o cabo que ligava o teclado à cadeira. De outro jeito, aquele computador não voltaria a funcionar nunca. Não havia antivírus, atualização, formatação, reinstalação de sistema operacional capazes de consertar o cabo em questão.

Poderiam contestar o técnico à vontade. Ele coligira muitas provas ao longo dos últimos meses para fundamentar o seu parecer. Estava cansado daquela hidra de Lerna da informática: matava-se um problema, nasciam outros nove. Ao longo do semestre, o técnico fizera inúmeras visitas àquela unidade. Quando chegava pela manhã, antes de ir para a sua sala, logo passava por lá, antecipando as desventuras que acometiam o usuário de uma das máquinas que ficava sob a sua responsabilidade. Era uma máquina descrita pelo usuário como caprichosa, danada, inconstante, geniosa. Mas, invariavelmente, operava a contento, da forma estúpida, previsível e sistemática que funcionam as máquinas.

A cada vez, constatado o bom funcionamento do computador, com paciência e gentileza aparentemente inesgotáveis, revia, passo a passo, os procedimentos mais básicos que precisa dominar o usuário de um computador. Imprimir. Salvar um arquivo. Copiar e colar um texto. Usar o revisor ortográfico. Clicar no "OK" (sim, com o botão do mouse). Compilou um manual extenso e didático com imagens a cores. Ofereceu-se para ministrar aulas diárias. Ministrou aulas mais que diárias. Fez apêndices ao manual. Fez apêndices aos apêndices do manual. Sacrificou os fins de semana. Tudo em vão. O enfado dos dias a se repetirem. Apesar de todo o desvelo, a irritação do usuário acabava sobrando para o técnico solícito, que recebeu a alcunha afetuosa, mas não muito, de fulaninho da informática.

Ante o seu parecer último, criou-se um bafafá no departamento. Ele, um mero técnico, atrevera-se a recomendar a troca do dito cabo. Nos corredores periféricos, assuntavam-no sobre a crise. Queriam saber como proceder. Jamais se dera algo semelhante. Chefe do departamento, o cabo danificado. Onde já se viu, peça tão importante trocada por motivo tão besta. Mas ele mantinha seu parecer. Naquele caso, não havia alternativa. Poderiam instalar ali uma máquina memoriosa, poliglota, composta de disco rígido de diamantes, circuitos de platina e carapaça infrangível, que os problemas persistiriam.

Chamaram uma reunião. Perguntaram-lhe como deveriam, então, despachar aquele assunto sensível, delicado mesmo. O técnico de informática pensou coisas indizíveis. Disse: "Desconecte o cabo; conecte outro". Calou-se e deu as costas. O mal, em sua banalidade, quase à superfície.

O papagaio diabólico

Depois de sua fuga espetacular, o papagaio acomodou-se na fronde de uma palmeira. Era um papagaio cinza, com umas penas vermelhas fulgurantes na ponta do rabo, bico negro e olhos translúcidos. Superlativamente elegante. As penas gris, muito macias, pareciam uma delicada composição de cinzas, armadas em torno do papagaio. Ao toque suave da brisa, arrepiaram-se, revelando a disposição plástica de suas diferentes camadas.

Tinha fugido do Birdy's, espécie de café no estilo exótico, com quedas d'água artificiais, palmeirinhas e aves tropicais. Prevalecia ali uma balbúrdia de diferentes cantos, trinados, pipios. A sorte do nosso papagaio é que estava cativo havia só alguns meses, desde que fora capturado nas copas mais elevadas da selva, contrabandeado e vendido por uma ninharia ao estabelecimento. Os outros papagaios no Birdy's, com quem tinha travado amizade, lhe davam pena. Estavam todos ficando gordos por conta das porções exageradas de ração de alpiste. E o que era mais sério, acomodavam-se à domesticação. A troco de nada, repetiam as estultices humanas que a gerente ensinava com um sotaque de alhures. Ele, não. Guardava a pureza da mimese dos cantos dos outros pássaros, recusando o sortilégio das palavras do dominador.

Naquela tarde, maquinava sozinho. Pensava em planos mirabolantes para deitar ao chão a gaiola, para destruir a mola metálica que mantinha fechada a portinhola. Mas o acaso provou-se mais generoso com a perspectiva de um cliente. Enquanto tramava a fuga triunfal, percebeu o murmurinho que indicava venda à vista. Fez-se de sonso quando o vendedor de turno conduziu um senhor expatriado de uma das Coreias até a sua gaiola para admirar-lhe a bela plumagem. Deixou-se manipular com ares perfeitamente cordatos. O coreano exclamava:

— Como ele é belo!

— Trata-se de um espécimen bastante raro, doutor. Veio do outro lado o Atlântico.

— Muito, muito bonito!

— Demais da conta. Foi capturado no coração da selva.

— Mas que beleza!

Para prolongar o estado de embevecimento, seja do coreano com o futuro bichinho de estimação, seja do atendente com a perspectiva de uma gorda gorjeta, ou inhapa, como se dizia no registro local, o papagaio pôs-se a papagaiar, imitando o canto de uns tantos pássaros diferentes. Calculava o efeito de seu parlatório. Cortejava-os. O negócio já era quase certo. Sucederam-se, como esperava, uns gritinhos de maravilhamento. Com delicados movimentos da cabeça, dócil, o papagaio indicou que desejava passar ao ombro do comprador aspirante. O coreano, muito lisonjeado, comentou sobre a inteligência espantosa do animal. O vendedor aprovava o laço afetivo que se ia assim formando.

— Que encanto!

— Engraçado, ele não é disso, parece ter se afeiçoado ao senhor.

— Oh! Que papagaio mais simpático!

— Belo, simpático, inteligente... Segundo os ornitólogos, o papagaio cinza africano é um pássaro dos mais inteligentes, doutor.

— Cui-cui! Cui-cui! Cui-cui! — o senhor repetia estranhas onomatopeias, fazendo essa e outras gracinhas para a prospectiva ave.

O papagaio parecia contente, acomodado no ombro do alto burocrata. Mas o gesto não foi inocente, nele residia toda a sua astúcia. Seria mais fácil escapar do inábil e sorridente coreano que das mãos experimentadas do vendedor. Ainda com a inteligência pérfida que o caracterizava, o papagaio pôs-se a exibir a cauda vermelha, convidando-o a examinar a sua exuberância à luz do dia, sob a janela.

— Mas nunca vi nada igual! Que coloração!

O vendedor, sorridente, cordial, acompanhou o cliente até a janela onde a luz do dia revelaria melhor os matizes das penas do papagaio. O papagaio tomou fôlego e esticou as asas como quem não queria nada. Deu uns passinhos airosos. E de lá, do ombro do coreano, ao vão da janela, foi um salto. Às telhas quebradas da casa vizinha, outro salto. À liberdade dos céus, um curto voo.

Das entidades abstratas da vida pública

As pessoas tremulavam igual taquara em dia de chuva quando alguém invocava aquela palavra maldita. De quebra, uns se faziam igualmente verdes. O raciocínio era este: se tinham ousado pronunciá-la, era que realmente não havia mais remédio. Ou se conformavam ou, muito bem, teriam seus atos examinados minuciosamente por alguma comissão *ad hoc*. Era de arrepiar só de pensar. Quem não conhecia o irmão de uma amiga do primo de uma colega que tivera decretado o fim de sua vida pública numa história meio mal contada mas que começava invariavelmente com a evocação da palavra.

Alquímica palavra que fazia, de intrépidos e destemidos, tímidos e hesitantes! Era batata. Depois de ouvi-la seguiam firme e forte igual maria mole. Mesmo as sombras, dadas ao repouso, alvoroçavam--se. Quantos Golias não teriam sido derrubados pela palavra, habilmente manuseada por Davis da administração pública? Depois da palavra, não havia mais crença em nada. Os otimistas viravam céticos. Os céticos, pessimistas. Os pessimistas, cínicos. Os cínicos, homeristas. E os homeristas, pós-modernos. Surgiu até mesmo uma dissidência de maniqueístas da palavra maldita. Os supersticiosos não diziam a palavra: chamavam-na da bendita. Uso de linguagem apotropaico que lhes valia muito pouco. Eram os primeiros a cair reféns da bendita dita maldita.

Havia outras tantas palavras, menores, que também provocavam certo sobressalto. A comunidade, o erário, a ouvidoria, o contribuinte, o sistema, o tribunal de contas, o parecer jurídico, o relatório de gestão, o requerimento de informação, o quadro de acesso. Mas assuntos relativos a essas palavras, há de se convir, eram incomparavelmente mais fáceis de deslindar. Para começar, nesses outros casos, havia regras claras, reunidas em manuais e no *corpus* de legislação pertinente, que o burocrata judicioso logo decorava. Sim, sobre esses outros temas, caía a luz do sol de textos legais. Só se emaranhava quem quisesse. E, na falta de textos legais ou de jurisprudência estabelecida, havia sempre regras tácitas, coisa mais da ordem do costume, muito bem conhecidas das sumidades ministeriais.

A palavra era outra história. Irrefutável. Irremediável. Álgida. Não se dobrava a considerações morais, éticas, humanitárias, espirituais. Fazia ouvidos moucos aos raciocínios mais pertinentes. Tinha uma razão que eludia a razão (ou as razões, segundo os pós-modernos). Mas se bem que não chegava a ser de todo desarrazoada. Mistério? Antes fosse...

Era incontornável. A palavra final. Ponto.

O duplo

O curso sobre demarcação de fronteiras era um sonho antigo. Fazia anos que ele tinha a veleidade de segui-lo. Suspeitava que, sob aquele recorte temático, a realidade geográfica se materializava numa toponímia cheia de acidentes e rasgos poéticos. Os marcos intervisíveis — entre principais e secundários — compunham em seu imaginário todo um sistema metafórico das temporalidades nacional, humana, geomorfológica, cósmica mesmo. A dinâmica entre as linhas fluviais e as linhas secas, o imbricar de raias cardinais, a pauta da adjudicação de ilhas eram assuntos eivados de significação transcendente. Tinha a fantasia romântica de atuar algum dia numa das comissões demarcadoras de limites, de embrenhar-se pelos vazios das regiões limítrofes, de depositar marcos materiais que resistiriam às eras, de visitar aquelas ilhas fluviais fronteiriças que iam mudando de posição no correr dos anos, de traçar linhas em mapas que seriam percorridas por pessoas sem nome, nelas suscitando pensamentos espaço-temporais que ele sequer poderia vislumbrar.

Tomou enfim coragem de pedir à chefia liberação por quatro horas semanais (que seriam devidamente compensadas em outros dias) a fim de se inscrever no curso. Chefe e subchefe deram a autorização de bom grado. Ele nem precisou lançar mão da porção de argumentos que havia antecipado mentalmente, por se acaso. A generosidade da chefia o deixou feliz, feliz. Sabia que, em alguma medida, era merecida. Procurava ser sempre um ótimo funcionário, diligente no cumprimento das tarefas, silencioso em sua baia, cuidadoso ao tomar nota dos recados, cordial nas lidas com o público. Mas sabia também que as chefias nem sempre sabem dar o valor devido aos seus subordinados.

Passada a primeira semana, o gesto generoso havia se tornado motivo de angústia. Que fosse sincero, não estava fazendo por onde merecer a liberação. Seu aproveitamento do curso estava abaixo da crítica. A dedicação aos estudos vinha declinando. Em sala de aula, com poucos minutos, perdia o fio da meada, enveredando-se por considerações sombrias. Em casa, de noite, as leituras obrigatórias eram entrecortadas por lembranças perturbadoras das aulas. Assimilava quase nada do que lia, as letras se embaralhavam, as palavras se reduziam a sequências de sílabas aleatórias. Nem os relatos cheios das venturas de missões históricas o entretinham. Seu sono era entrecortado por intervalos de vigília aflita. E as notas nos exames estavam sofríveis.

O motivo de tamanha perturbação, de tal inquietação, é que havia um duplo seu em sala de aula. Isso é, ele achava que o dito rapaz era o seu duplo. Verdade que ninguém mais havia notado a semelhança. Pelo menos, ninguém tinha comentado nada a respeito.

Chegou mesmo a consultar uma amiga de circunstância que fez nas primeiras aulas. A resposta foi um riso de deboche. Seu duplo era mais alto, tinha bonitas feições, olhos cor de mel e cabelos pintados de acaju, traços que dificilmente provocariam confusões de um com o outro. Além disso, ele próprio pressentia que a alma do possível duplo não sofria com atribulações comparáveis às da sua. Apesar dessas diferenças físicas e anímica, havia uma semelhança de ordem metafísica que se lhe apresentava, fugidia, em movimentos incidentais, na efemeridade da expressão, na maneira míope de pestanejar, no modo como segurava o lápis, na pausa em que se demorava antes de fazer uma pergunta.

As cogitações sobre semelhanças e duplicidade o consumiam, impedindo-o de assimilar o conteúdo do curso, em que se condensava lírica e cientificamente toda a arte de demarcação de fronteiras. Passava as quatro horas semanais de aula administrando olhares de soslaio, cotejando linhas de fisionomia, compondo e recompondo feições. Era arrastado num movimento espiral em que gravitava perigosamente (mais perigosamente que nunca) rumo à dissolução mental. Tardes e fins de semana que deveria dedicar à leitura eram igualmente atabalhoados pelos exercícios mnemônicos, em que oscilava entre crises identitárias e tentativas de contemporização do seu impasse. Nas noites, entre insônia e pesadelos, as fantasias derivadas da perturbação ganhavam contornos violentos que chegaram a preocupá-lo. Surgiam na forma de soluções brutais, de coalhar o sangue e elevar a pressão sanguínea.

Mas o tempo conta em sua farmacopeia com remédios capazes de debelar males os mais graves, da esfera burocrática inclusive. O curso terminou, o terror foi se dissipando, sua vidinha se assentou entre memorandos e ofícios, entre pareceres e informes. O funcionário nunca mais avistou seu duplo (talvez tenham-se cruzado uma vez, mas o duplo parecia tão diferente que quase não o reconheceu e pôde deter a mirada em seu rosto sem comoção). Também não viu mais a professora do curso sobre demarcação de fronteiras, nem a amiga de circunstância. Daqueles meses de perturbação, ficou muito pouco, desencantou-se de divisores d'água, das grandes geodésicas e dos levantamentos batimétricos. Fez questão de esquecer o devaneio de demarcar fronteiras. Já havia confinado com seus próprios limites.

O contínuo ubíquo

Era um contínuo exemplar. A inveja de todas as divisões do quarto andar. Sempre pontual, as camisas brancas cuidadosamente engomadas, impecáveis os vincos das calças bem passadas. Desempenhava cada tarefa com diligência e celeridade. Incrível celeridade mesmo. Não se incomodava em atravessar os corredores quantas vezes pedissem. Passava o dia empurrando o carrinho cheio de publicações entre a divisão, o depósito e o acervo. De vez em quando, pediam mesmo que fosse até ao gabinete da alta chefia fazer uma entrega. Estavam seguros na divisão de que, com ele, não haveria contratempo.

Ela, sua chefe, observava com simpatia o seu constante ir e vir. Nas suas próprias saídas eventuais pelos corredores, não raro sucedia-lhe passar por ele duas vezes. E ele cumprimentava-a sempre sorridente, com olhos que reluziam verde-cristalinos na meia-luz do corredor. Seu rosto se iluminava com o zelo de tarefas bem cumpridas. Ela pensava consigo que ele fazia jus à fama de melhor contínuo. Deveria receber uma medalha, ser condecorado na Ordem. Ele merecia muitíssimo. Meditava vagamente sobre como fazer chegar seu nome ao Conselho da Ordem.

Certa vez, porém, deu motivo de inquietação. No meio da tarde de uma terça-feira, quando ela seguia pela passarela entre palmeiras anãs e dracenas até a cantina para tomar um cafezinho, aconteceu de passar por ele três vezes. A cada vez, o contínuo acenou com um sorriso discreto, seguindo a passo ligeiro. Por mais que fosse ligeiro o passo, estranhou a experiência reiterada de cruzar com ele. É que a longa passarela não dispunha de atalhos, elevadores, corredores paralelos que o contínuo pudesse tomar para ressurgir assim, sem mais, daí a uns tantos passos. Tomou o seu café esquecida do matraquear dos colegas, em meio a reminiscências de relatos sobre o milagre de bilocação, que tinha lido havia muito em obras da tradição hagiográfica.

Mais tarde, de volta à divisão, perguntou ao contínuo se por acaso ele não tinha um gêmeo, ou, quem sabe, um irmão parecido que também trabalhasse no Ministério. Ele riu escusando-se de responder. Ela insistiu na pergunta. O contínuo viu-se obrigado a responder. Disse que não tinha não, que era filho único. Deram 17 horas, e ele partiu discretamente, tranquilo de que no dia seguinte, ou no máximo no outro, sobreviria o esquecimento muito necessário. Bem sabia ocuparem os contínuos um espaço menor, quando algum, na ordem das considerações de seus superiores.

O voo elusivo dos pássaros

Ao final do dia, ele gostava de sentar-se à varanda para ver a tarde cair e observar os pássaros migratórios. Surgiam primeiro alguns, depois outros e, subitamente, revoadas e revoadas ganhavam o céu crepuscular. Começávamos calculando-os às dezenas. Passávamos, em seguida, às centenas. Ao escurecer, já os tínhamos na conta dos milhares. Voavam alto, mas não muito, num voo em linha reta rumo ao Norte.

Os pássaros eram objeto de controvérsia. Eu duvidava sinceramente de seu estatuto migratório.

— Se estão de fato migrando, por que só dão o ar da graça ao anoitecer? — perguntava a ele quando me chamava para ver os pássaros migrantes ao poente.

— Ora, devem ser pássaros minimamente sensatos, não gostam de voar com o sol a pino. Nisso compreendo-os perfeitamente — respondia, referindo-se ao calor equatorial e abafado daquelas terras.

Seguíamos as silhuetas negras na linha do horizonte.

— Poxa, mas se for assim, perdem o melhor do dia.

— Poupam suas forças, isso sim. Com esse sol de rachar, eu faria o mesmo.

Passados alguns meses, não cessaram os voos migratórios dos pássaros negros. Por mais que a sua passagem pelos céus se repetisse todos os dias, continuavam a nos interessar. Retomávamos a discussão, sempre no lusco-fusco, quando paulatinamente as aves negras tomavam o céu.

— Os seus pássaros continuam migrando...

— Continuam.

— Não acha meio estranho? Pelo pouco que sei, os instintos migratórios costumam ser sazonais.

— Vai ver que migram aos poucos. Primeiro um terço, depois outro terço, por fim o último terço.

— Será? Mas como esses pássaros estão migrando o ano todo sempre para o Norte? Se estivessem de fato em migração, em algum momento haveríamos de observar o movimento inverso, o seu regresso para o Sul — continuava desconfiada dos hábitos dos tais pássaros vespertinos.

— Uai, podem sim perfeitamente estar sempre migrando para o Norte. Os pássaros talvez não migrem só em linha reta. Podem, por exemplo, migrar em círculo! Por que não? — ele propôs meio que por esporte, meio que com o intuito de manter a conversação.

— Migração circular? Será? Não seria meio despropositado?

— Por que despropositado? Até me parece mais natural. Os pássaros não são brinquedos mecânicos que só sabem seguir em linha reta.

— É... Quem sabe?

E o voo das aves ao entardecer persistiu durante o ano inteiro, apesar da sucessão das estações, a grande seca, as chuvas, a pequena seca e novamente as chuvas. O hábito de observá-lo já nos estava entranhado. Nele, materializavam-se inquietações nas quais preferíamos não tocar, pois nos pretendíamos perfeitamente adaptados. Era como se esse hábito nos permitisse expressar o desejo que tínhamos de partir, ou melhor, de retornar à nossa terrinha, aos nossos. Como nós, os pássaros estavam ali de passagem. E íamos nos perdendo nas asas de semelhantes digressões.

Mas, voltando aos pássaros, numa tarde como outras, assistíamos ao seu trânsito. Esperávamos, ao sopro da brisa, que um bolo de mandioca esfriasse na cozinha. E discutíamos sem muito intento, mais por costume, os pássaros. Foi quando um passou não muito longe da nossa varanda. Em um relance, se me pareceu desenhar um par de asas membranosas, em patágio, inconfundíveis apesar da noite que caía. Asas em leque sustentavam um corpo compacto que não tinha nada da levez dos passarinhos. As tais aves migratórias eram, confirmou o binóculo, morcegos.

Já os tínhamos visto voando aos bandos antes. Uma tarde, seguimos o seu traçado em sentido inverso, o que nos levou à embaixada da França. Eram então franceses os morcegos, pois quem vive em jardins franceses, francês há de ser, como convencionado na nota da embaixatriz sobre o *jus horti*. À luz do dia, havia algo de soturno, de lúgubre, no voo lento dos morcegos, que circulavam no céu nebuloso acima da representação da ex-metrópole.

Os morcegos planavam meio ébrios, numa dança astrosa, que nos parecia alusiva às relações ultramarinas. Que miasmas exalava o emaranhado daquele jardim? Quantos parasitas abrigavam os galhos de suas árvores? Segundo os locais, o convívio da ex-metrópole com a ex-colônia estava longe da simbiose harmônica propalada. Ao contrário do que pretendia, a França não se podia comparar às epífitas que floriam nas tépidas florestas tropicais, sem prejuízo para as árvores monumentais. Tinha antes algo dos quirópteros, que se alimentam de sangue, os mesmos que acolhia nos jardins de sua embaixada.

Por fim estava desvendado o voo intrigante dos pássaros tidos por migratórios. Como antes, voavam aos milhares, contra as colunas nuviosas do poente. Todos aqueles seres noctívagos tinham acabado de despertar e saíam a procura de algo com que forrar seus estômagos. Rumavam para a floresta que assomava, ao Norte, nos limites da cidade. Preferíamos não pensar muito sobre o assunto. A descoberta foi como uma antiepifania. Eram o negativo dos passarinhos tecelões que no mesmo horário, fazendo muita festa, recolhiam-se para a noite.

Percorriam o horizonte as mesmas sombras escuras e aladas. Traziam, em suas asas, a noite como antes. Com a constatação de que se tratava de morcegos, porém, passaram a guardar apenas o vago interesse do equívoco, um certo lirismo às avessas.

O espectro da parede

Parou subitamente no meio do corredor. Uma ventania derrubou quadros e bateu, com estrépito, uma porta nas imediações. Um terror atávico tomou-o. A voz se aproximava. Seu coração em sobressalto. A voz de timbre áspero, cuja dona era sua superior hierárquica, repisava ameaças. Percorria a distância entre um ponto incerto do corredor e ele. Seus olhos caíram. Reverberava em sua mente aquela voz, projetavam-se visões da chefe ensaiando aproximações inelidíveis. A voz vociferava palavras duras, que não eram para ele, mas que bem poderiam o ser. Com sobretons agudos, a voz invisível gritava sozinha. Ou talvez no telefone celular.

Segurou a respiração. Sobrevinha-lhe como holograma mental, de frequência extraordinária e ondulação pontiaguda, aquela voz acompanhada do roçar de um lenço de seda e do toc-toc de sapatos de fivelas reluzentes. Seus ouvidos ribombavam. Lembrou os pesadelos repetidos em que, ao levantar ao ouvido o auscultador de um telefone mudo, sem discar qualquer número, sobrevinha-lhe a voz inopinada. Acordava paralisado de medo, a respiração arquejante.

Deu por si. Ele, momentaneamente distraído com más e oníricas reminiscências, enquanto a voz, num crescendo, vinha em sua direção a grande velocidade. Já esbravejava tão perto que quase podia ouvi-la modificando a paisagem aérea, disferindo golpes com gotículas de saliva. Recuou até a parede na esperança de desaparecer contra a superfície verde. Uma dorzinha de remorso. Se ao menos tivesse escolhido, naquela manhã, vestir o terno verde-parede, objeto de tanta chacota. A voz cada vez mais próxima. Murmurava preces às divindades do corredor para que não fosse avistado. E a voz, já a poucos passos.

Avistou a sombra. Por um instante, desejou habitar o mundo bidimensional da parede. Mas só por um instante.

O leque na pasta do ministro

Um memorando caía dos céus. Percorria uma linha convoluta entre o azul e o chão. Foi então que, *ex nihilo,* o memorando se fez leque. Não se fez um, mas centenas de leques. Cada uma de suas páginas dobrada cuidadosamente. Uma revoada tomou o salão. Alçavam voo entre as colunas da luz do dia. Leques mimosos, de toda palavra e pluma. Leques abertos e circunspectos estremeciam. Uns agitavam-se elétricos; outros, langorosos, abandonavam-se sobre as namoradeiras; outros ainda escondiam-se por trás das patas de elefantes estrategicamente dispostas pelo salão. Expandiam e fechavam-se conforme sua disposição íntima.

As sombras das folhas floresciam sobre o parquê, desenhavam paisagens instantâneas. Borboleteavam de dois em dois ou de três em três. Prenunciavam as guerras e as festas por vir. Formavam círculos de fundamentação airosa. Murmuravam confidências pelos cantos. Praticavam a lecanomancia. Tremulavam. Melindravam-se com meias palavras. Tramavam. Ventilavam. Revelavam uma arquitetura de pormenores. Levavam e elevavam o desejo ao estado de palpitação.

Eis que uma voz surda, vinda não sei de onde, colocou ordem na algazarra. E os leques alinharam-se, disciplinados, num corredor que atravessava o salão. *Salut des armes!* Inclinaram-se. *En garde!* Pausaram. *Allez!* Tremularam. *Attaquez au fer!* Travaram embate. *Feignez!* Dissimularam. *Coup double!* Atracaram-se. *Esquivez!* Recuaram. *Flèche!* Ensaiaram um flamular veloz. *Corps-à-corps!* Aferraram-se. *Arrêtez à bon temps!* E os leques suspenderam-se nas posições em que se encontravam, para, em seguida, serem levados por um vórtice cinza que subia aos céus pela abertura na claraboia que iluminava o salão. Anoitecia. Só sobrou, na pasta do ministro, um leque, leucanto. Poucas palavras, na letra dela. Dobrado da última folha do rascunho do memorando descartado que consumira a tarde.

A fogueira das vaidades

Era o dia de Portugal. A chancelaria oferecia um coquetel bem simpático. A tardezinha de verão entrava pelos arcos das janelas: o céu azul, as nuvens róseas, a aragem de uma brisa. O corpo diplomático e as demais autoridades circulavam felizes pelo Palácio das Necessidades, bebericando vinho e se empanturrando de bolinhos de bacalhau. Um ou outro convidado trocista caçoava da natureza necessária (ou algo que o valha) das recepções no Palácio das Necessidades. Na voz, um travo de sentimentos vagos. As pessoas em volta desviavam o olhar ante o insosso das piadinhas.

Passados uns setenta minutos, o microfone estalou. Todos foram se aproximando. Benditos estalos de microfone! Cada um aguardava ansiosamente o encerramento da fala oficial que lhe permitiria fugir, retomar a tarde de verão, dado por cumprido o dever de representação. O alarido do coquetel deu passo ao silêncio, e o silêncio, à tossezinha protocolar. Mas mal começou o chanceler a pronunciar as palavras de circunstância, sobrepôs-se à sua voz a de uma sirene gárrula. Houve uma pausa. O chanceler tentou retomar o seu discurso, mas outra vez a sirene irrompeu.

O chanceler, zangado, insistiu no pronunciamento. Mas lutar com sirenes é a luta mais vã.

O alarme de incêndio. Soava o alarme de incêndio! O alarme de incêndio? Os convidados se entreolharam assustados, mas indecisos. Como agir? Sair correndo ou, por que não, comer antes mais um pastel de natas? Avançaram sobre as bandejas. À saída dos salões palacianos, todos aqueles dignatários públicos formaram um tropel insano. Imperava o desgoverno. O chanceler pedia aos seus subordinados que colocassem ordem na bagunça. Que convidassem os presentes a formar uma fila, que observassem os critérios protocolares na descida pelas escadas. Exasperado, clamava pela lista de antiguidade. Sua assessora, a mais solícita, se perguntava: primeiro as damas ou os ministros de primeira? Os outros subordinados não ligavam a mínima. Um embaixador insistia em ceder precedência na saída a outro seu colega — ministro-conselheiro, menos antigo portanto —, o qual não podia aceitar, não seria de bom tom. Correu um minuto nessa indefinição, e aqueles que vinham atrás dos senhores amáveis já se exasperavam. Atordoado, o chefe do Cerimonial gritava para a multidão de funcionários que observassem a ordem do que sai primeiro e do que vem atrás. Isso foi possível, em que pesem alguns atropelos.

Já na rua viriam a saber. Um teste de incêndio. Sim, um teste de incêndio. Por ocasião do Dia de Portugal. Durante a fala do ministro dos Negócios Estrangeiros. Nada mais, nada menos.

O chanceler xamã

As reuniões presididas pelo chanceler tinham um quê de diferente. Não era só porque ele fazia preces às divindades tutelares das montanhas que cercavam a cidade. Ou porque ele, imagine, discursava sobre o sexo das pedras. Ou porque se referia em cada pronunciamento à Mãe Natureza ou, mais carinhosamente, à Pachamama. Ou à atomização da humanidade. Ou porque não tinha pejo em estender-se por preleções metafísicas sobre o cosmocimento, construído com base numa disciplina de pensa(senti)mento. Ou porque, quando lhe pediam explicações sobre os atrasos locais, uma questão cultural, começava, "veja bem, as estrelas...", elevando a mão num gesto que resumia toda uma teoria cosmogônica. Ou porque, dali a alguns anos, no dia seguinte a eleições duras, em que seria escolhido vice-presidente, comemoraria semeando batatas nas margens do lago sagrado com a gente do seu *pueblito.*

Não era nada disso. O chanceler tinha uma presença em que se equilibravam delicadamente a altivez de certa pureza espiritual e uma essência humana e generosa. Os mais perspicazes vislumbravam alguns rasgos de um humor bem peculiar, que passava despercebido da horda de burocratas redatores de telegramas, memorandos, ofícios e despachos. Era o zombeteiro dos Andes, só que dado a extrapolações esotéricas.

Rezava a lenda que ele era descendente de uma longa linhagem de sacerdotes. Um de seus antepassados teria recebido o Libertador da Pátria Grande, havia uns duzentos anos, no Altiplano. Na ocasião, homenageou-o num discurso preservado pelos historiógrafos daquele então: "homem de desígnio providencial, ... que já fundou três repúblicas e para quem elevaram estátuas onde nenhuma estátua havia chegado". O sacerdote oitocentista vaticinou ainda que "com os séculos, cresceria a glória do Libertador como cresce a sombra quando o sol declina".

Em conversas sobre política externa, na medida em que se adquiria certa intimidade com o chanceler — que se dizia o último inca e cujo nome significa coluna de ouro na língua aimará —, entremeavam-se histórias um tanto fantásticas sobre o seu domínio dos elementos. Ele, uma vez, ao fazer apologia dos valores da harmonia, fundamentada no parentesco de toda a natureza consigo própria, insinuou que conseguia provocar chuvas. O embaixador ficou todo apreensivo diante do sorriso galhofeiro do chanceler xamã. Será que tinha sido ele que havia feito chover, em plena seca, na festa da última data nacional, nos jardins da embaixada?

O seu domínio sobre os elementos veio a calhar num momento crítico. A seca mais severa em cinquenta anos assolava a região. O segundo lago em extensão do país secou completamente em questão de meses, convertendo-se em grande salar. O terceiro estava quase lá, já tinha perdido boa parte de seu espelho d'água. A proliferação de cianobactérias e a grande mortandade de peixes lacustres resultaram na exalação de vapores tóxicos para os seres vivos do entorno. Junto, veio uma onda de calor. As neves eternas nos picos da cordilheira se mostraram menos que eternas. Em algumas regiões as crianças participavam de romarias e procissões de reza por chuva.

A crise ia ganhando contornos políticos. Os jornais falavam numa marcha multitudinária que rumava à capital lançando estribilhos contra o governo. Em protestos quase diários, a população organizou "bloqueios de mil esquinas" e passeatas em que se repetiam as palavras de ordem "Água, sim! Palácios, não! Água, sim! Estádios, não! Água, sim! Estados Unidos, não!". Os ataques dirigidos aos norte-americanos foram devido a rumores apócrifos de que empresas daquele país teriam realizado uma obra secreta que desviava para uso próprio águas destinadas aos reservatórios que abasteciam a capital, onde o recurso era racionado em mais de cem bairros. O vice-ministro de Água Potável foi sequestrado por uma junta vicinal durante algumas horas, e alguns carros-pipa idem. Uma comunidade declarou "emergência" e ameaçou tomar posse dos aquíferos administrados pelo Serviço Local de Aquedutos e Saneamento. Foi deflagrado embate por água entre moradores de dois distritos. Estradas foram bloqueadas. Os conflitos multiplicavam-se e acirravam-se.

O estado de comoção pública provocado pela crise hídrica ensejava exercícios de comparação com a Guerra d'Água, que havia convulsionado o país fazia menos de duas décadas. Naquele momento, o aumento nas tarifas de saneamento e água culminou numa série de enfrentamentos, motins, barricadas, ocupações e bloqueios de rodovias, onde eram semeados caminhos de pedras. A repressão resultou em centenas de feridos e um morto. Tratava-se de um dos episódios mais críticos na cronologia política recente.

Convocado a integrar o Gabinete d'Água, o chanceler xamã não se furtou a apoiar a força-tarefa por meio do poder que exercia sobre as intempéries. Participou de cerimônia indígena num vilarejo remoto, nas orlas de um lago mítico, para dirigir súplicas aos espíritos benfazejos. Retomava o costume centenário dos sacerdotes, que viajavam até o dito lago para tomar parte em danças propiciadoras de chuva. Pouco depois dos rituais, começou a chover, muito, embora não estivesse prognosticado pelo Serviço Nacional de Meteorologia e Hidrologia. Ao despedir-se, um dos guardiães do lago alertou o chanceler sobre a natureza irascível dos espíritos, que no passado haviam tragado suplicantes. Que o governo desistisse do desatino de construir uma represa na região, as divindades só atendiam os que chegavam ao lago para pedir chuva, não para levar da sua água.

Fetiche xerográfico

Voltou do despacho atordoada. Havia chegado pelo correio uma dezena de dedos decepados. A cada página, uns dois ou três. Alternadamente, nos cantos inferiores, à esquerda ou à direita. Ao se deparar com eles, seu coraçãozinho trepidou. É que pertenciam os ditos dedos a uma paixão não correspondida, que tratara logo logo de recolher. Mas que, em segredo, continuava nutrindo. Isso fazia alguns anos.

Que fosse sincera, era a primeira vez que prestava naqueles dedos a merecida atenção. Eram esguios e orlados de unhas elípticas. Estavam ali por um acidente: certo desleixo do colega a quem votava a amizade colorida. Amável, ele tinha se oferecido para enviar o documento. Ao fazer a cópia, não se preocupara em ocultar os dedos que seguravam as páginas do livro fotografadas pela máquina copiadora especial para livros. Era tudo. Mas, ainda que involuntária, a oferenda dedigrísea provocava desejos, cifrava tentações. O texto em questão era sobre versos datílicos. E deliciou-se imaginando os usos a que se prestariam aqueles dedos viris no amor.

Veio à memória o trabalho espiritual que ela tinha contratado havia uns poucos dias, que deveria trazer a pessoa amada de volta em quarenta e oito horas. A bem da verdade, o serviço havia tardado um pouco. Desde o pagamento, já tinham se passado noventa e seis horas. E parecia ter errado de pessoa. Ou, pelo menos, pensava em outro ao buscar o vidente especialista em amarração amorosa. Mas, bem ou mal, aqui estava um seu amor. Em pedacinhos.

Não era supersticiosa. Deveras que não. O trabalho havia sido mera brincadeira. Um passo só um pouco mais ousado que o das macumbas digitais que vinha encomendando ao longo do último ano. Só que agora aquele episódio bagunçava um tantinho mais sua coleção de certezas.

Memórias de uma claque

A cada ano, sorteavam um funcionário para ser sacrificado. Não era designado para nenhum setor. Não lhe tocavam temas precisos, não tinha responsabilidades propriamente, não cumpria horários fixos. Mas passava todo o ano de plantão (excetuadas as poucas semanas de férias). Doze meses, cinquenta e duas semanas, trezentos e sessenta e seis dias (azar dos azares, ainda por cima era um ano bissexto) de uma sequência olvidável de eventos protocolares. Era, em suma, claque oficial da repartição cultural.

Logo nas primeiras semanas, foi ganhando um sorriso permanente nos lábios e um olhar bovino. Não era por menos, os seus compromissos durante o primeiro mês incluíram, entre outros: batizado de boneca; XXXVI Mostra de Filmes Mundial Medusa (que recebera o aposto "Medusa" por projetar filmes que petrificavam os assistentes); inauguração de bebedouro para passarinho; aniversário de extensa via pública; Celebração Eucarística em Ação de Graças pela Data Nacional de Independência do país vizinho; ato comemorativo em alusão ao aniversário de três anos da morte de Mikhail Kalashnikov, inventor do fuzil AK-47 (avanço tecnológico que contribuiu para a morte de um sem número de pessoas; em síntese, nunca antes se matou tanto, tão rapidamente e tão "fatalmente", com o perdão da lapalissada); sarau de poesia histórica em hexâmetros espondeus (inspiradas pelo deus Morfeu); tricentenários da Princesa Filipina Carlota, da Prússia, e da batalha naval de Dynekilen; recital filantrópico de músicas natalinas; eventos autopromocionais, autocongratulatórios e autocomplacentes de um artista local que se considerava renascentista; cerimônias da Fundação de Bem (com a presença do fundador que dela se beneficiava e a assistência de seus asseclas). Quase sempre com discursos maçantes.

Que fosse bem sincero, não tinha muita vocação para ser claque, mas afinal quem tinha? Ele achava sinceramente que tinha menos que a média. A sua graduação na faculdade não agregava muita coisa, sentia-se um rústico nos salões que era constrangido a frequentar, sua cara de paisagem tinha prazo de validade. Adquiriu, naquele ano, um excepcional poder de síntese — que lhe permitia relatar a extensíssima agenda cultural a que tinha de comparecer — e uma efusividade inaudita nas palmas que ovacionavam o final de cada evento.

Também acumulou conhecimentos sobre assuntos aleatórios e irrelevantes. Adquiriu, por exemplo, um repertório minucioso de trivialidades sobre os biomas colombianos. É que fora obrigado a assistir, em não menos que quatro mostras (sul-americana, latino-americana, amazônica, dos países cujos nomes começam com a letra "c"), a documentário publicitário sobre a majestosa natureza colombiana.

Traduzindo: uma longa série de fotografias em movimento, à maneira de um protetor de tela, com narrativa hiperbólica. A Colômbia tem o maior número de espécie de colibris negros. A rã azul mais venenosa do universo vive na selva colombiana. O felino das Américas com o maxilar mais poderoso e o maior número de pintas vermelhas é o jaguar colombiano. As plantas de altitude com máxima capacidade de condensação d'água se encontram no páramo colombiano. O peixe fluvial de estatura menor capaz de realizar os saltos de maior altura relativa no tocante à superfície do rio se encontra na Amazônia colombiana. Os jacarés de porte mediano de couro mais macio, a borboleta amarela com manchas roxas de asas mais extensas, o condor mais longevo, a preguiça mais preguiçosa... E só.

Ninguém passava incólume pelo ano de claque. A tortura, regada a vinho e caipirinha e acompanhada de conversas anódinas com outras claques, representava um sacrifício hepático e provocava uma crise de dimensão quase existencial. Já não estava muito bem quando chegou a enésima Mostra de Cinema Patrício. No primeiro filme, o diretor se desculpou por não ter conseguido terminar o filme a tempo, de maneira que faltava ainda fazer alguns cortes e os ajustes de coloração, além de colocar o som. O segundo filme foi um documentário abstrato em que os personagens eram números impressos. O terceiro filme lhe foi fatal. Era um *"still picture"* em preto e branco, de quase três horas de duração, em que a narrativa espiral-fantástico-antropofágica se repetia a cada vinte minutos. As circunvoluções da trama, as quase-repetições, o eterno retorno das mesmas falas das mesmas personagens nos mesmos cenários. Em suma, uma obra prima na tradição estética do estático. Sucumbiu. Quando os aplausos tépidos o despertaram, olhou para as pessoas ao seu lado despistadamente. Teria roncado?

A finada Soledad

Estremecia ao se lembrar dela. O vazio que ela havia deixado, ele preenchia com uma vida dispersa e leviana. Que de distrações! Agregavam quase nada a sua felicidade. Fazia anos que a tinha perdido, mas o desconsolo não amainava. De uma fragilidade de pétala, ela feneceu em pouquíssimos meses. Foi minguando, minguando, minguando, perdendo substância. Até se dissolver o fiozinho de sua vida. Certa manhã, quando ele a procurou ao acordar, já não havia mais nada, tão só o farfalhar das reminiscências. Seu ânimo tremeluzia à memória daqueles meses. Doía-lhe pensar nela, de uma beleza ensimesmada que a grande maioria era incapaz de apreciar. Era uma epífita rara e umbrófila, precisava de silêncio e sombras para florescer. Não resistiu à exposição à curiosidade coletiva, ao atropelo da vida pública, à azáfama da repartição.

Aconteceu assim. Ela foi acometida por uma doença crônica. Doença grave, debilitou-a, de início, aos pouquinhos, em seguida, de forma crescente, e, por fim, num ritmo alucinado. Os médicos que chegaram a procurar ignoravam aquela enfermidade da alma, que não encontravam descrita na Classificação

Estatística Internacional de Doenças e Problemas Relacionados com a Saúde. Em seus prontuários, registravam formulações variadas de diagnósticos irônicos sobre os sintomas vagos. Um chegou mesmo a insinuar tratar-se de doença imaginária. Doutores cegos à endemia que aniquilava a vida interior. Indignaram-se os dois, ele e ela.

Ele passou, então, a consultar ensaios, opúsculos, códices. Encontrou, nos tratados estoicos, orientações e bons conselhos. E, contudo, o regime terapêutico prescrito pelos filósofos antigos era de difícil conciliação com a vida que levavam. Não tinham como retirar-se do alvoroço da cidade, desvencilhar-se da dissolução daquele mundinho, abandonar os vãos da vaidade. Ah, a modernidade!

Vinham-lhe lágrimas aos olhos quando recordava como, ao final da tarde, costumava levar a pequena para passear nos corredores vazios do órgão. Ela gostava da penumbra, dos cantinhos em que as mariposas tontas cochilavam. Na lanchonete, protegia-a dos olhares bisbilhoteiros e malevolentes das mesas vizinhas. Preteria os elevadores em favor das escadas, antecipando os anseios de reserva dela. Atendia às suas solicitações de quietude o mais que podia. Compartilhava o seu apreço pelo sossego, participava de sua veneração pelo insulamento. Passavam juntos, ele e ela, os horários de almoço no recolhimento da biblioteca.

Louvadas sejam as bibliotecas, templos onde arvorece em cada canto uma solidão! E a dele, perdida, para sempre. A despeito de todos os esforços que envidara, a repartição pública tinha matado a sua, a sua pequena quota de solidão.

Agradecimentos

Aos primeiros leitores, Du, Marcelo e Bernardo.
Às amigas e aos amigos de repartição.
Ao Marcelo e ao Rodrigo, na Jabuticaba.

Outros títulos das Edições Jabuticaba

Discoteca Selvagem
Cecilia Pavón
trad. Mariana Ruggieri e Clarisse Lyra

Virá a more e terá os teus olhos
Cesare Pavese
trad. Cláudia T. Alves e Elena Santi

Sereia no copo d'água
nina rizzi
posfácio Estela Rosa

Por qual árvore espero
Eileen Myles
trad. Mariana Ruggieri, Camila Assad e Cesare Rodrigu

Variações sobre tonéis de chuva
Jan Wagner
trad. Douglas Pompeu

A invenção dos subúrbios
Daniel Francoy
posfácio Guilherme Gontijo Flores

Que tempos são estes
Adrienne Rich
trad. Marcelo F. Lotufo

Por trás e pela frente primeiro
Kurt Schwitters
trad. Douglas Pompeu

As Helenas de Troia, NY
Bernadette Mayer
trad. Mariana Ruggieri

O método Albertine
Anne Carson
trad. Vilma Arêas e Francisco Guimarães

O hábito da perfeição
Gerard Manley Hopkins
trad. Luís Bueno

Os elétrons (não) são todos iguais
Rosmarie Waldrop
trad. Marcelo F. Lotufo

Cálamo
Walt Whitman
trad. Eric Mitchell Sabinson

Nocaute / 6 poetas / Cuba / hoje
org. José Ramón Sánchez
trad. Rodrigo A. do Nascimento e Mariana Ruggieri

Ova Completa Susana Thénon
trad. Angélica Freitas

Sotto Vocce e outros poemas John Yau
trad. Marcelo Lotufo

História do Leite Mónica Ojeda
trad. Ayelén Medail

Percurso livre médio Ben Lerner
trad. Maria Cecilia Brandi

O velho que não sente frio Daniel Francoy

Vontade de ferro Nikolai Leskov
trad. Francisco de Araújo

Cidadã Claudia Rankine
trad. Stephanie Borges

Cada um a seu modo Marcelo F. Lotufo
posfácio Vilma Arêas

X, Y, Z Carolina Tobar
trad. Marcelo Lotufo

Meus poemas não mudarão o mundo Patrizia Cavalli
trad. Cláudia T. Alves

Moldávia Timo Berger
trad. Douglas Pompeu

Caderno Goiabada nina rizzi
posfácio Heloisa Buarque de Hollanda

Poemas mais ou menos de amos Diane di Prima
org. e trad. Fernanda Morse

Rua Maravilha Tristeza Frederico Klumb

Gabriela Guimarães Gazzinelli nasceu em Belo Horizonte em 1982. É escritora, diplomata e, de quando em quando, tradutora. Publicou, além de ensaios acadêmicos e dos livros de estudos clássicos *Fragmentos órficos* (UFMG, 2007) e *A vida cética de Pirro* (Loyola, 2009), os romances *Prosa de papagaio* (Record, 2010, Prêmio SESC e finalista Prêmio São Paulo) e *Sob a leveza das asas da noite* (no prelo).

9 786500 506778

Este livro foi impresso pela Graphium, em papel Avena LD 80 g/m² (miolo) e Triplex Supremo 250 g/m² (capa), e composto em Garamond.